내가 예민한 걸까
네가 너무한 걸까

내가 예민한 걸까
네가 너무한 걸까

정예원 지음

내가 예민한 걸까 네가 너무한 걸까

"네가 너무 예민해서 그래."

내가 가장 싫어하는 말이다. 저 말은 가뜩이나 열이 받은 내 마음에 기름을 들이붓는다. 저 한 마디로 나는 순식간에 '별 일도 아닌 것에 발끈하는 예민한 사람'이 되어버린다.

보통 저런 말이 나오는 상황은, 가만히 있었는데 상대가 먼저 나를 깎아내리는 말을 하며 기분을 상하게 만드는 경우가 많다. 그래서 그것에 반박을 하거나 화를 내면 '장난인데 왜 그렇게 예민하게 받아들이냐', '그냥 웃어 넘기면 될 것을 너 때문에 분위기 이상해졌다'라며 모든 책임을 나에게 떠넘긴다.

끝까지 나를 이상한 사람으로 몰고 가는 것이다. 그러면 나는 어느새 예민하고 재미 없는 사람이 되어버린다.

요새는 '가스라이팅'이라는 말을 여러 매체를 통해 자주 듣는다. 가스라이팅은 '타인의 심리와 상황을 조작하여 그 사람이 스스로를 의심하게 만드는 행위'라고 하는데, 그 가스라이팅 행위 중에는 '네가 너무 예민해서 그래' 라는 말도 포함된다고 한다. 그것을 보고 나는 자주 그런 상황에 처했다는 것을 깨달았다.

예전에는 그런 말을 들으면 진짜 내게 잘못이 있다고 생각했다. 다른 사람은 쿨하게 넘기는 것을 나 혼자만 심각하게 받아들이는 것 같아 고민하기도 했다. 하지만 지금은 여러 매체를 통해 그런 행위들이 가스라이팅이라는 것을 알게 되었고, 내 잘못이 아니라는 것도 깨닫게 되었다. 그래서 이젠 누군가 내 기분을 먼저 상하게 해놓고 "네가 너무 예민한 거야" 라고 하면, "내가 예민한 게 아니라, 네가 내 기분을 상하게 만든 거야." 하고 용기 내어 반박하기도 한다. 물론 이것이 통하는 경우가 있고 아닌 경우가 있다. 그 말에 상대가 더 발끈할 때도 있다. 하지만 분명히 해야 한다. 내가 예민해서 그런 게 아니라, 네가 너무한 거라고. 그렇게 분명히 밝혀 두어야 그 상황으로부터 나를 지킬 수가 있다.

　'예민'이라는 말을 조금 다양한 시각으로 바라봤으면 좋겠다. 보통 예민함을 떠올리면, 고슴도치나 밤송이처럼 바깥으로 뾰족한 가시를 세우고 있는 듯한 느낌이 연상된다. 하지만 나는 스스로를 생각했을 때 조금 다른 느낌이 든다. 나는 예민한 사람이 맞다. 인정한다. 하지만 그게 '넌 예민해'라는 말을 들어서 인정하는 것은 아니다. 사소한 것도 잘 기억해서 그걸 잊지도 못하고, 작은 일에도 다른 사람들보다 크게 반응하고, 다른 사람의 감정에 쉽게 공감하고 이입하는 등 그런 내 행동을 보고 스스로 판단하여 인정하게 된 것이다. 그래서 나는 오히려 가시가 바깥으로 돋아있는 예민함이 아니라 안쪽을 향해 돋은, 스스로를 향한 예민함을 가졌다고 할 수 있다. 이것은 때때로 날 불안하게 만들지만 그런 감정들도 다 때에 따라 필요하다. 그것은 실수나 사고를 미리 생각해서 대비하게 만들고, 미래에 대한 계획들을 세우게 하니까.
　이 책에는 나의 다양한 예민함을 담았다. 예민함을 여러 방식으로 느끼고 받아들이며 인정할 수 있도록. 그게 나쁜 것만은 아니라고 생각할 수 있도록. 그런 과정을 거치면 누군가 "넌 너무 예민해서 문제야"라며 기분 나쁘게 만들어도, "그래, 나 예민한 사람이야. 하지만 내가 예민한 것이 문제가 아니라, 네가 무례하게 구는 것이 문제인 거야." 라며 스스로를 지킬 수 있게 되지 않을까. 그 말을 상대가 어떻게 받아들일지는 더이상 상관할 것이 아니다. 그 말은 스스로에게 하는 것이다. 상대가 떠넘기는 책임을 그대로 받지 않도록. 나를 지배하려는 말에 무너지지 않도록. 내가 예민한 것이 문제가 아니라 상대가 무례한 거라고 분명하게 선을 그을 수 있도록 말이다.

차례

1부

이해하고 싶지만 이해되지 않는 너의 행동

2부

나는 왜 자꾸 예민해지는 걸까

3부

예민한 사람도 행복할 수 있다

4부

예민한 만큼 거리두기

5부

나만의 숨결과 보폭으로 편안한 날을 향하여

어떤 인연은 아주 소중해서 잃어버리지 않기 위해 조심하고 또 조심해도 내 곁을 매몰차게 떠나가곤 했다. 소중히 여기는 내 마음을 아주 당연히 여기고서 사라지는 사람들이 많았다. 그런 일을 자주 겪으니 내 옆에 있어 줄 사람들은 어떻게든 내 곁에 있고, 그렇지 않을 사람은 결국엔 떠나간다는 걸 알았다. 그래서 이해되지 않는 사람들과의 관계를 이제는 붙잡지 않고 놓아준다.

1부

이해하고 싶지만 이해되지 않는 너의 행동

죽어도 할 수 없는 것

　살다 보면 죽어도 내 의지로 할 수 없는 것들이 있기 마련이
다. 태어나길 알코올과는 상극인 체질로 태어난 탓에, 술을 해
독할 능력도 없어서 술이나 왁자지껄한 술자리를 그다지 좋아
하지 않는다. 내 의지로 취할 때까지 술을 마시지도 못하고, 제
멋대로 빨개지는 피부를 숨길 수도 없다. 아무리 억지로 알코올
을 들이부어도 주량은 성인이 된 몇 년간 여전히 제자리이다.

　누군가는 이런 나를 '놀 줄 모르는 재미없는 사람'이라 여긴
다. 내 의지와 상관없이 생성된 이미지에 기분이 좋지는 않지
만 어쩔 도리가 없다. 난 아주 멀쩡하다 못해 신이 난 상태에서

도 술이 몸속으로 들어가면, 그때부터 급격히 피곤해지고 기분도 낮아지며 집순이도 아닌 내가 어서 집으로 돌아가고 싶다는 생각이 들 뿐이라서. 누군가는 술을 마시면 기분이 좋아지고 그 맛에 취하려고 쓴 술을 마신다지만, 난 취하지도 않고 기분은 더욱 바닥으로 내리꽂히며 취하기도 전에 몸에서 거부 반응을 일으켜 그날 먹은 것을 모두 게워내 버리는 사람이다.

이렇듯 세상 사람들이 내게 뭐라 하든 내 의지로 어찌할 수 없는 것이 있다. 그러니 누군가 나를 향해 '너는 왜 그래?'라거나 '너는 왜 이것도 못해?'라는 무례한 질문을 던진다면, 함께 이해하지 못하겠다는 표정을 지으며 답해 주자. '너는 내가 할 수 있는 모든 것을 다 할 수 있냐고, 네가 내가 아니듯 나도 네가 아니고 세상 사람들이 모두 너 같지 않고 네가 못하는 게 있듯 나도 이걸 못할 뿐'이라고.

그리고 나 자신에게도 조금의 여유를 주는 건 어떨까. '나는 왜 이것도 못하지'라는 생각보다는 '이 정도는 못해도 어쩔 수 없어. 나도 어쩔 수 없는 거야'라고 토닥여 주면서.

널 알게 된 이후, 매번 내 생일 초를 불기 전 눈을 감고 신께 올리던, 짧지만 강렬한 기도 제목들은 모두 네게로 향해 있었어.

듣고 싶지 않은 소식

잘 살아가다가 문득 잊고 있던 과거의 흔적과 마주치는 순간이 온다. 아무 생각 없이 열어본 서랍 깊숙한 곳에서 생각지도 못했던 일기장이나 편지를 발견하게 되거나, 별 생각 없이 보고 있던 SNS에서 다시는 떠올리고 싶지 않았던 사람의 소식을 발견하게 될 때가 그렇다. 애써 잊었던 기억을 떠올리게 만드는 것들. 그렇기 때문에 그 흔적을 마주하는 순간은 그리 달갑지 않다.

스물한 살과 스물두 살. 그 2년간의 경험들은 지금의 나를 만드는 데에 가장 튼튼한 기반을 다져 주었다. 사랑이라는 게 마냥 구름 위를 나는 듯 행복할 줄만 알았는데 딱히 예쁘기만 한 것은 아니었다. 오히려 사랑이라는 것을 쪼개어 보면 행복한 순간은 짧고 쓰린 것 투성이라는 걸 뼈저리게 느낀 시간이었다. 사실 스무 살의 나는 뭣도 모르고 세상에 나왔다가 태어나 처음으로 우울을 심하게 겪은 기억밖에 없다. 그래서 오히려 스물한 살과 스물두 살 무렵의 추억이 더 많다.

그 기억 중에는 유난히 처음 경험해 본 것이 많다. 누군가에게 한 눈에 반해 본 것도 처음, 그렇게 좋아하게 된 누군가에게 먼저 다가가 보는 것도 처음, 말 한 마디라도 더 이어가려 아등바등한 것도 처음이었다. 그러나 그때의 난 아무리 노력해도 그와 가까워질 수가 없었다. 그래서 '갖은 노력에도 이룰 수 없는 사랑'이 있다는 것을 절실히 알게 되고, 그걸 알면서도 쉽게 마음을 접을 수 없다는 것도 깨닫게 되었다. 이렇듯 나의 20대 초반은 처음 투성이로 매일 무언가를 배우느라 정신이 없었다.

지금은 그 시절이 꽤 아득해서, 때로는 그 기억이 모두 꿈같이 느껴지기도 한다. 내 세상에 정말 이런 사람이 존재했었나, 내가 정말 이 사람과 이런 대화를 했고 이런 감정을 겪었었나 하며 생소하기만 하다. 아마 내가 그때보다 많이 변했다는 거겠지. 지금은 그때 배운 것을 토대로 제법 사람을 걸러내기도 하고, 내 마음을 다 보여 주지도 않는다. 다정함 속에 거짓이 깃들기도 한다는 사실을 알게 되어 속을 더 깊이 들여다보고, 거리를 둔 채 경계하기도 한다. 그 탓에 그때처럼 순수한 마음으로 누군가를 좋아하는 것은 불가능해졌지만.

이따금씩 그 시절 좋아했던 사람의 흔적을 발견하거나, 그의 최근 소식을 듣게 되면 잠시 멍해진다. 그리고 그 사람과 보냈던 추억을 떠올리면, 높은 곳에 올라와 아래를 내려다보는 것처럼 아득하기도 하고 새삼 내가 이만큼이나 걸어왔구나 싶은 생각이 든다. 그리고 '참 순수한 사랑을 했다' 싶어 웃기기도 하다가, 조금은 쓰리기도 하다. 이 사람이 그때의 내가 아니라 지금의 내 앞에 나타났다면 섣불리 좋아하는 일은 없었을 텐데. 그때는 뭐가 그리 좋았던 걸까. 다시 보면 그리 잘생기지도, 그리 다정하지도, 그리 순수해 보이지도 않는 사람인데 나는 왜 마음까지 찢겨 가며 좋아했을까. 이렇게 아픈 감정만 남길 사람인 줄도 모르고, 매일 그 사람 생각에 웃었다가 울었다가 속절없이 감정 소비를 해댔을까. 바보같이.

듣고 싶지 않아도 들려오고, 알고 싶지 않아도 주변에서 먼저 알려주는 그 사람의 소식. 이제는 싫다고, 짜증난다고, 미워

죽겠다고 말하곤 하지만, 분명 그런 감정도 있지만, 어쩌면 더 진실되게 말하자면 그 정도에서 그치는 얕은 감정은 아니다. 그 사람의 사소한 소식도 듣고 싶지 않을 정도로 밉지만, 그 사람에게 생긴 일들을 마주할 때마다 자꾸 멈칫하게 된다. 그건 아마 그의 소식을 들을 때마다 잊어버렸던 그 시절의 나를 마주하게 되어서가 아닐까. 어떤 소설 속 주인공같이 순수하며 어렸던 그때의 내가, 무미건조해진 지금의 나에게 "넌 그런 사랑을 했었던 사람이야." 하고 알려주기 때문인 것 같다.

원하지도 않았는데 애써 잊은 과거를 마주하게 될 때는 분명 힘들다. 그런데 또 한편으로는 그 시절의 경험으로 많은 글을 쓰게 되었으니, 그 사람은 나와 선연인 걸까, 악연인 걸까 생각하게 된다.

손톱

손톱을 물어뜯는 버릇이 있었다. 손톱이 손가락 끝보다 조금이라도 위로 튀어나오면 그게 그렇게도 거슬려 입으로 다 물어뜯었던 것이다. 그 덕에 내 손톱 끝은 매끈할 날이 없었고 아무렇게나 쭉 뜯어 놓은 비닐 봉투의 끝처럼 삐뚤빼뚤하고 날카로웠다. 무려 중학교를 졸업할 때까지도. 그런데 어느 순간 그 버릇을 단번에 고치게 되었다.

손톱을 물어뜯는 버릇을 가진 사람은 주변에 꽤 많았는데 그들은 그런 나를 보며 '하루 아침에 그 버릇을 어떻게 고쳤냐'고 물었다. 그건 생각보다 간단했다. 그저 손톱이 손가락

끝으로 올라오기 전에 미리 손톱깎이로 깎아두는 것이었다. 나는 심리적인 불안함에 손톱을 물어뜯기도 했지만, 그것보단 대개 손가락보다 튀어나온 손톱이 거슬리기에 그랬던 것이라 미리 잘라내는 것만으로도 꽤나 효과가 좋았다. 그러면 누군가는 또 '갑자기 왜 고쳐야겠다는 마음을 먹은 거냐'고 물었다. 그건 손톱 모양이 이상해져서, 손가락 모양도 못 생겨져서, 위생상 좋지 않아서 등 여러 이유가 있지만, 사실 그건 물어뜯는 중에도 생각하던 이유들이었다. 진짜 이유는 정말 웃기게도 어느 순간 '하지 말아야겠다'는 생각이 불현듯 들어서였다. 별 일도 없었고, 엄마에게 특별히 크게 혼난 것도 아니었다. 그런데 어느 날 그냥 갑자기 손톱을 물어뜯지 말아야겠다는 생각이 강하게 들었고, 그 생각이 몇 년째 갖고 있던 버릇을 단번에 잘라낸 것이다.

가끔 그럴 때가 있다. 갑자기 불현듯 그만해야겠다는, 차갑고 단호한 마음의 소리가 들릴 때. 정신을 차린다고 표현하기도 할 텐데, 그때는 갑작스럽게 내 머리 위로 찬물을 끼얹은듯 마음이 고요해지고 어떤 반항도 없이 그저 수긍하게 된다. 정신을 차린다는 말이 아주 잘 어울리는 순간이다. 그것은 단순히 습관을 고칠 때만 해당되는 건 아니었고 이별에도 적용되었다. 혼자 끙끙 앓으며 간직했던 짝사랑을 그만둘 때, 서로 좋아했던 사람이 떠났음에도 여전히 나는 놓지 못할 때, 나를 꽤 힘들게 하던 친구나 지인을 끊어 버릴 때도 마찬가지였다.

　내 모습을 제3자의 눈으로 보듯 객관적으로 인지하게 되고 나의 현재 모습을 냉정한 시선으로 바라보게 된다. 그 마음이 한 번 드는 순간, 상대에게 씌어졌던 콩깍지와 환상들이 벗겨진다. 또, 지금껏 별것도 아닌 사람에게 내 모든 것을 걸고 있었단 사실을 깨달아 민망하기도 하다. 마음이 차갑게 식고, 그제서야 나 자신이 눈에 들어오며 그 사람이 내게 온다면 무엇이든 할 수 있다고 생각했던 의지도 모두 사라진다. 오직 나 자신만이 가장 중요하게 느껴진다. 딱히 상대가 특별한 행동을 한 것도 아닌데 불현듯 그렇게 되는 순간이 찾아온다. 이제는 그만하라고, 이만 하면 충분히 됐다고. 그리고 그 이후엔 속박되어 있던 마음에서 자유로워진다. 전보다 훨씬 가벼워진 감정들을 느끼며 이루 말할 수 없는 후련함이 든다. 그 상대가 내게 돌아오든 말든 상관이 없어지고, 절대 그때의 나로 돌아가지 않겠다는 다짐을 해서 재회를 시도하려는 상대의 뒤늦은 연락에도 전혀 흔들림이 없다. 그리고 난 그만큼 더 성장해 있었다.

나는 그 마음이 든 이후에 여전히 손톱을 물어뜯지 않고, 이제는 그 사람을 좋아하지도 않는다. 그때 내 마음을 쥐고 흔들었던 네가 이젠 어떤 행동을 해도 마음의 요동이 없다.

말을 예쁘게 하는 사람

말을 예쁘게 하는 사람이 좋다. 이건 비단 내가 이성에게만 느끼는 매력이 아니라, 누구든 주변엔 말을 예쁘게 하는 사람을 두고 싶을 거다. 그래서 나는 매사에 너무 직설적인 사람을 별로 좋아하지 않는다. 더 나아가 말의 위력을 모르는 사람, 자신이 내뱉을 말에 대해 조금의 생각도 거치지 않는 사람, 남의 마음에 흠집내기를 아무렇지도 않게 여기는 사람을 몸서리칠 정도로 싫어한다.

이것은 어렸을 적부터 겪었던 몇몇 친구들로 인해 형성된 성향인데, 나는 중학생 때까지 가장 친했던 단짝 친구들과 곧잘

다투곤 했다. 사실 다툰다고 하기도 뭐할 정도로 휘둘렸다는 게 더 맞는 것 같다. 이상하게도 나는 어렸을 적엔 유난히 직설적인 친구들이 옆에 있었다. 그런 친구와 가끔 트러블이 생길 때면 친구의 마음에 상처를 주기가 싫어서 할 말을 정확히 못하고 빙빙 돌려 말을 했다. 그런데 그 친구는 '왜 할 말도 못하느냐'며 그것마저 답답해했다. 그러고선 날 이상한 사람처럼 여겼고 급기야는 그것을 빌미 삼아 다른 친구들에게 이간질하는 것까지 겪어 봤다. 그렇게 다른 아이들까지 나에 대해 오해를 해도 나는 그 친구와 멀어지는 게 두려워 아무말도 못했다.

고등학교에 올라가서는 좀 덜했다. 그런 성향의 친구들이 아예 없었던 것은 아니지만, 그 전의 수많은 경험들로 그런 친구들의 비위를 맞추고 애써 피해가는 법을 배운 것 같다. 그래서 고등학교에 올라가선 친구와 크게 다툰 적은 없으나 밖으로 꺼내지 못한 말들이 가슴 속에 쌓이곤 했었다. 대학 시절을 보낸 후 완전한 성인의 길에 들어서니 주변 인간관계를 어떤 상황에 의해 억지로 이어나가지 않아도 되는 순간이 왔다. 그 후 그런 친구들과 자연스레 인연을 끊게 되었다.

나는 사람이 사람으로 인해 받는 마음의 찰과상 중엔 말에 쓸린 것이 가장 쓰라리다고 생각한다. 처음 한두 번은 장난으로, 또는 인내심으로 그저 넘길 수도 있겠지만 자꾸만 그런 말들에 쓸리면 결국 그 부분은 찢어져 피가 흐르고 만다. 또 어떤 말은 사포보다도 따가워 한 번의 훑음에도 진한 상처와 흉터를 남긴다. 그 흉터는 지워지지 않고 문득 계속 떠오른다. 그리고 나를 그 순간으로 다시 소환하고 그 상처에서 벗어날 수 없게 만든다. 마음속에 난 상처는 쉽게 아물지도 못한다는 게 가장 무섭다.

어떤 말은 떨어지는 낭떠러지에서도 붙잡을 동아줄이 되어주는데, 어떤 말은 애써 버티고 있는 손마저 떼어낸다. 나 역시 그것을 알기에 누군가를 향해 내뱉는 단어를 고르고 또 고른다. 때로는 직설적인 말도 필요한 것을 알지만, 내게 그것은 최후의 선택이며 상대에게 전하는 최후의 통첩인 셈이다. 그 한 번의 직설적인 말 이후에도 여전히 나를 아프게 한다면 주저 없이 놓을 거라고 알려주는 최후의 통첩. 그리고 그 직설적인 말 속에도 인신공격이나 상대에 대한 비하는 절대 넣지 않으려고 노력한다. 그저 네가 이런 행동을 해서 내 마음이 이렇게 안 좋다는 것만 알릴 뿐. 가끔은 나도 아주 후련한 사이다 같은 말들을 쓰고 싶은 마음이 들긴 하지만, 나는 그럼에도 다시 한 번 돌려 말할 표현을 찾곤 한다. 나는 하고 싶은 말을 못해서 답답한 것보다 나의 말로 인해 상처받은 누군가의 표정을 보는 게 더 두려운 것 같다. 상처주는 말은 한 사람의 새벽을 흔들어 놓는다는 걸 잘 알고 있다. 그래서 누군가 나의 말에 상처를 받은 표정을 보면, 직설적인 말에 상처받았던 예전의 나를 보는 것 같아 두렵다.

"가슴을 찢어 놓고 휴지로 되겠어요?" 영화 〈미녀는 괴로워〉에 나오는 대사이다. 저 대사의 의미가 얼마나 큰 것인지 알기에, 역시나 나는 너무 직설적인 사람보다는 적당히 돌아갈 마음과 말의 여유가 있는 사람이 더 좋다. 그만큼 그 사람의 마음이 넓다는 것을 보여 주는 것이고, 나 역시 그런 사람이고 싶으니까.

어떤 말은 떨어지는 낭떠러지에서도 붙잡을 동아줄이 되어
주는데, 어떤 말은 애써 버티고 있는 손마저 떼어 낸다.

끊어낼 수밖에 없는 인연

결국 끊어낼 수밖에 없는 인연들이 있었다. 그들은 한때 내 세상의 대부분을 이루고 있었고, 밥을 먹고 커피를 마시며, 또 함께 노래를 부르고 가끔은 술도 마시며 모든 유희를 함께 가장 가까이서 보냈었다. 내 속에 쌓인 누군가를 향한 연정이나 가족들에게도 말 못할 고민거리, 비밀들을 새벽 내내 뜨거워진 전화를 부여잡고 얘기하며 다 토해내기도 했었다. 나를 믿어주는 것 같고 응원해 주는 것 같고, 매번 내 이야기를 들어주고 함께 웃으며 울어 주었던 그들. 사실 그래서 더 눈을 감았다. 거짓말로 추정되는 그들의 말과, 속에 감춘 날 향한 껄끄러운 생각들이 점점 쌓여가도 애써 모른 척했다. 그저 언젠간 그들도 내가 그들을 아끼는 것만큼 그런 행동을 하지 않게 되겠지 하고 바라며 기다렸다.

　가끔 그들로 인해 너무 힘이 들 때면 살포시 주변 다른 지인들에게 내 고민을 털어놓기도 했다. 그러면 그 지인들은 나와 그들의 사연을 듣고, 하나같이 내게 '넌 너무 착하다'며, '그런 사람을 왜 아직도 옆에 두냐'며 어서 끊어내야 할 나쁜 사람들이라고 입을 모아 얘기했다. 그런 사람을 옆에 두면 앞으로도 넌 계속 힘들기만 할 거라면서. 그건 나도 알고 있었다. 그들을 옆에 두는 것보다 끊어내는 게 더 맞다는 걸.
　하지만, 용기가 없었다. 그들은 내 마음을 상하게 하고 화가 나는 행동을 하긴 했지만, 그래도 지루했던 새벽 시간을 늘 함께 보내 주었던 사람들이었기에 쉽사리 끊어낼 수가 없었던 것이다. 또 이성에 관한 이야기부터 진로에 관한 이야기 등 다양한 주제의 이야기를 모두 나눈 사람들이었기 때문에, 그들을 끊어내 버리면 앞으로 이런 고민들은 누구에게 털어놓아야 하나 싶은 걱정이 앞섰다. 그래서 그들이 아무리 내게 거짓말을 하고 내 마음을 상하게 해도, 그들 없이 홀로 보내게 될 시간이 두려워 끊어내지 못한 것이었다.

그래서 그들과의 인연을 절대 끊어낼 수 없을 거라 생각했는데, 생각보다 끝내야 되는 시점이 오는 순간은 빨랐다. 내가 그토록 아꼈던 마음과는 달리, 그들은 점점 더 내가 그어둔 선을 침범하는 일이 잦아졌고 계속 무례한 행동을 했기 때문이다. 그래서 시간이 지나면 지날수록 그들과의 연을 끝내야 되는 시점이 눈에 훤히 드러났다. 그리고 그제서야 나는 느꼈다. 저 사람이 내 인생에서 사라져도 이젠 괜찮을 것 같다고. 아니, 오히려 그게 나를 위해선 더 나을 거라고. 그래서 참 칼같이 쳐냈다.

갑자기 돌변한 나를 보며 그들은 '얘가 왜 이러나' 싶었을까. 방금까지 웃으며 대화했던 사람인데, 왜 갑자기 저러는 걸까 하고 고민은 했을까. 그 상황이 되니 나는 이런 확신이 들었다. 그들도 분명히 알고 있었을 거라고. 헤아릴 수 없이 긴 시간, 내 이야기를 들으며 내가 어떤 것을 중요하게 여기고 어떤 것을 싫어하는지 다 알고 있는 이들이었으니까. 그래서 그들이 선을 넘을 때마다 수없이 눈치를 주고, 불편한 기색을 내비쳤지만 그것을 애써 무시하고 있다는 걸 나도 느꼈으니까.

분명, 본인들도 내가 이렇게 돌아선 이유를 알고 있었을 것이다. 뭐, 알고 있지 않더라도 이제 더이상 상관이 없다. 그건 그들이 나를 그만큼 존중하고 있지 않았다는 뜻일 테니까.

누군가가 칼같이 돌아선다는 건, 그만큼 그 사람을 아꼈고 신뢰했기 때문에 그럴 것이다. 그만큼 기회를 주고 또 주고, 선을 넘지 말아 달라는 눈치를 주며 그가 바뀌기를 기대한 게 수십 번 수백 번은 되었을 테니까. 그래서 그렇게 칼같이 돌아설 수 있었을 것이다. 그들을 놓아 버리면 늘 함께했던 시간이 사라져 더 외로워질 거라 생각했으나 그렇지만도 않았다. 그들이 사라져 생긴 혼자만의 시간들은 오롯이 나만의 시간이 되어 글을 쓸 수 있는 시간들로 변했고, 누군가를 놓은 그 자리에 새로운 누군가가 나타나 어느새 비어 있던 인연의 끈을 붙잡았다. 그리고 비로소 느끼게 되었다. 내가 지금껏 그 사람에게 내어 준 자리가 얼마나 소중하고 값진 자리였는지. 그 자리를 놓친 그들은 얼마나 큰 손해를 본 것인지.

인연을 놓는 마음은 '그들이 불행하게 살아갔음 좋겠다' 하는 미움의 감정은 아니었다. 그렇게 시간을 들여 생각해 줄 마음의 여유조차 이미 한참 전에 사라졌으니까. 누군가를 미워하는 감정을 품는 것도 그럴 만한 여력이 있어야 가능하니까. 그저 이런 마음뿐이다. 어떤 방식으로 살든 더이상 관심이 없는데, 다만 다시는 내 앞에 나타나지 않았으면 하는 마음뿐. 부디 다시는 마주치지 말았으면 하고, 내 옆에 새롭게 나타난 이와 웃고 있는 나를 보게 된다면 혼자 깨우치며 후회하기를. 저 자리가 원래 본인의 자리였고, 그때는 참 행복했으나 돌아갈 수 없는 그 현실을 마주하기를 하고.

명품 가방

언젠가 명품 가방을 간절히 사고 싶었던 적이 있다. 딱히 그 가방이 '명품'이라서 사고 싶었던 것은 아니고, 우연히 누군가 들고 가던 한 가방을 보고 참 예쁘다 생각하게 되었는데 하필 알고 보니까 그게 비싼 명품이었던 것이다. 마치, 어떤 사람을 보고 딱 나의 이상형이라 좋아하게 되었는데, 알고 보니까 그 사람이 사실은 누구나 만나고 싶어하는 유명인이었다는 그런 거랄까. 그런데 나는 한번 마음에 드는 것이 생기면 중고로라도 손에 넣고야 마는 집념이 강한 사람이다. 그래서 어떻게 해서든 그 가방을 손에 넣기 위해 노력했다. 여기저기 수소문을 하며 가장 저렴하게 살 수 있는 방법을 알아보고, 그 과정에서 그와 비슷한 가격대의 다른 명품 가방에 대해서도 알게 되었다. 그쯤 되니 온 신경이 가방이란 것에 쏠려 길을 걸으면서도 다른 사람들의 가방만 쳐다보기 시작했다.

그러나 긴 고민 끝에 나는 그 가방을 사지 않았다. 아무리 생각해도 내게는 아직 그 가방의 가격이 '가방'에 지불할 수 있는 금액이 아니었다. 분명 그 가방을 살 수 있는 돈은 수중에 있었지만, 그 많은 수의 돈을 저 작은 가방 하나 사자고 턱 내밀기엔 아깝다는 생각이 제동을 걸어서 결국 사지 않았다. 그 후 난 그 가방의 가격보다 약간 적은 돈으로 새 노트북을 샀다. 너무 비싸서 모셔만 둬야 할 것 같은 가방보다는 계속 내 실생활에서 유용하게 쓰일 노트북이 조금 더 투자 가치가 있다고 생각한 것이다.

그렇게 구매한 노트북을 쓰면 쓸수록, 그 돈을 가방에 쓰지 않은 것을 참 다행이라고 생각하게 되었다. 물론 이게 '가방을 사는 것보다 노트북을 사는 게 의미가 있다'고 말하고 싶은 건 아니다. 사람마다 가치를 두는 것엔 차이가 있기 때문에, 분명 나와 다른 생각이 있다는 걸 알고 충분히 존중한다. 다만 지금 내가 말하고 싶은 것은, 확실히 그 후 명품 가방에 대한 관심이 사라지니 그것에 '집착하지 않게 되었다'는 것이다. 한 번 가방에 대한 욕심과 집착이 생기니 당장 사지 않으면 안 될 것 같은 불안함에 휩싸였다. 그러나 그것이 굳이 필요하지 않다는 생각을 하게 되니, 더이상 사람들의 가방을 쳐다보며 걷지 않게 되었다. 곰곰이 생각한 후 그 마음을 내려놓으니 사실 그게 없어도 나에겐 전혀 문제가 되지 않는다는 것을 깨닫게 된 거다.

우리는 타인의 시선을 지나치게 집착할 때가 있다. 그것은 어느새 습관으로 자리 잡아서, 스스로 자신의 외모나 행동에 규제를 하고 신경을 쓰느라 나의 생각과 주관을 잃어버린다. 나 또한 학창 시절 다른 아이들의 눈치를 보던 습관이 성인이 되어서도 그대로 남아 있다. 그래서 머리를 조금 튀는 색으로 염색을 한다던가, 옷을 좀 화려하게 입는 날엔 하루종일 그것이 불특정 다수의 타인에게 어떻게 비춰질지 몰라 쭈뼛대곤 했다. 그럴 때마다 친구들은 '괜찮은데, 괜히 네가 쭈뼛거리는 탓에 더 이상하게 보인다'며 신경 쓰지 말고 당당하게 다니라 말하기도 했다. 어쩌면 그것은 가방에 관심을 많이 가져서 온통 가방에만 집착하게 된 것처럼, 내가 타인에게 너무 많은 관심을 갖고 있어서 타인의 시선에 집착하게 되는 것일 수도 있다. 내가 먼저 타인의 외모나 행동에 대해 관심을 끊으면, 타인도 그다지 나를 관심 있게 지켜보지 않는다는 사실을 깨닫게 될 텐데 말이다.

그러다 불현듯 타인의 시선보다는 나 자신이 더 중요해지는 순간이 온다. 세상을 살아가면서 여러 사람을 많이 상대하는 일을 하게 되고, 그 속에서 무례한 사람들과 트러블을 자주 겪으니 이제는 굳이 그들을 신경 쓰지 않게 되었다. 내가 점점 야박한 사람이 되어가는 것 같아 조금 슬프기도 했지만, 그건 단순히 어떤 개인을 싫어하는 것과는 다른 문제였다. '서비스직에 종사하다 보면 인류애가 상실된다'라는 말이 SNS에 많이 언급된다. 그것처럼 인간이란 존재 자체가 싫어져서 불특정 다수인 타인이 미워질 때, '이제는 누가 뭐라 해도 내가 제일 중요해'라는 생각을 하게 된다. 사람들이 나에 대해 무슨 생각을 하고 어떤 판단을 내리든 더이상 상관이 없다. 누가 내게 일부러 트집을 잡아도 '그래서 대체 어쩌라는 거지? 그냥 저 사람은 원래 그런 사람인가 보지, 뭐.' 하는 순간이 온다. 딱히 저 사람이 나를 싫어한다고 해도 난 전혀 상관이 없고 나도 딱히 저 사람을 별로 좋아하지 않으니까. 싫어하든 말든, 내 뒤에서 내 욕을 하든 말든, 그것들이 전부 다 귀찮고 1초도 생각하고 싶지 않은 순간이 오더라. 단 1초의 시간도 그 사람을 위해 쓰기엔 아까워지는 순간이.

　사실 타인이 나에 대해 무슨 결론을 내려도 별 상관이 없다.

그 사람이 내 생계를 틀어쥐고 있는 사람이 아닌 이상, 그 사람이 나를 어찌 생각하든 내가 신경 쓰지 않으면 그만일지도 모른다. 나에 대해 나쁘게 생각을 하든 말든, 나 또한 그들에게 이미 관심이 없으니까. 가방에 대해 생각하지 않으면, 다른 사람의 가방에도 관심이 사라지는 것처럼 말이다. 그리고 내가 먼저 타인에 대해 관심을 끊게 되면, 어느 순간부터는 온전히 내 생각과 가치관대로 행동할 수 있게 되더라. '네가 어떻게 생각하든, 이게 나의 길이니 계속 걸어갈 거야.' 하는 생각이 들면서 전혀 주눅들지 않게 된다. 그러다 보면 결국 어느새 타인의 시선으로부터 나를 지킬 수 있는 순간이 분명히 온다.

그 모든 것이 그저 나였다

　살아가다 보면 나 스스로를 평면적인 사람이라 생각하게 되는데, 만나는 사람마다 나에 대한 정의가 달라지게 되니 역시나 참 여러 모습을 갖고 있는 입체적인 사람인 것 같다. 물론 나 또한 만나는 상대가 누구냐에 따라 말투와 표정, 행동 반경이 달라지니까.

　꽤 좋은 사람으로 살아오려고 노력했지만 누군가에겐 나도 모르게 상처를 준 나쁜 사람일 수도 있다. 또 누군가에겐 상대하기 싫을 정도로 답답한 사람일 수도 있고, 가치관이 너무 달라 말이 통하지 않는 사람일 수도 있다. 그에 비해 별다른 말을 하지 않아도 나에게 위로와 힘을 얻는 사람도 있을 거고, 같이 있으면 한없이 즐거운 존재가 되기도 하며, 언제든 연락하면 받아주는 편안한 친구가 됐을 수도 있다. 이토록 나라는 사람은 어느 각도에서 보는지에 따라 느낌이 확 달라지는 입체적인 사람인 것이다.

그래도 한 가지 확신할 수 있는 건 그 모든 관계에 있어서 후회는 없다는 거다. 단 한번도 나라는 사람을 감추고 타인을 속인 적은 없었다. 모두 조금씩 다 다른 나였을 뿐이다. 어떤 사람에겐 소심했고 어떤 사람에겐 대범했어도, 그 모든 순간이 그저 나였다. 유난히 답답하고 소심해지는 순간이 있기도 하고, 동요하는 다른 사람들에 비해 혼자 대수롭지 않게 덤덤히 넘길 수 있는 순간도 있다. 그게 모두 나라는 사람이다.

그러나 예전의 나와 달라진 것이 있다면, 이제는 나와 많이 다른 사람을 조금 경계하며 거리를 유지하고 내 마음을 보호하는 게 익숙해졌다. 그래서 굳이 나와 맞지 않는 사람에게 잘 보이려 나를 구겨 맞추지 않는다. 오랜만에 만난 이가 내가 알고 있던 성격과 많이 달라져 있고 예의를 차리지 않는다면, 예전엔 그 사람을 애써 이해하려 하고 다시 맞춰 보려 노력했겠지만, 이제는 그러지 않는다. 나는 아주 소중히 여겼는데 그 사람은 그다지 나를 존중하지 않는다면 애써 먼저 했던 연락들도, 보고 싶다며 매달려 잡던 약속들도 점차 줄여간다. 나에게 관심을 갖지 않는 이에게 굳이 먼저 내 근황을 들려주지 않고, 그 사람의 일상도 궁금해하지 않는다. 그 사람이 아니어도 내 옆에 늘 있어 주며 이야기를 들어주는 사람들이 있으니까. 나와 함께 인연의 끈을 소중히 잡고 있는 사람들이 있다는 것을 알기에, 그들이 아닌 다른 사람으로 내 마음을 망치고 싶지 않다. 그 에너지를 좀 더 소중한 사람에게 집중한다. 그렇게 나 자신도 그렇게 많이 변해 왔다.

다만 여전히 많은 이들에게 좋은 사람으로 남고 싶다. 그래서 내 마음의 결이 계속 부드러웠으면 하고, 누군가 진심으로 마음을 열고 다가오면 나도 그 사람에게 진심을 다하고 싶다. 마음의 여유가 있어 어떤 상황에도 유연하게 반응하고 싶고, 또 어떤 말을 건넬 때 상대가 상처받지 않도록 단어를 더 세심하게 고르는 사람이고 싶다. 내가 좋은 사람이 되어, 좋은 사람들이 내게로 많이 드나들 수 있도록 커다란 마음의 문을 내고 싶다. 나와 마음의 결이 비슷한 사람들이 주변에 많았으면 좋겠고, 그 사람들과 따스하고 안정적인 대화를 나누며 아이보리색같이 따뜻한 관계를 소중히 유지하고 싶다.

이토록 나라는 사람은 어느 각도에서 보는지에 따라 느낌이 확 달라지는 입체적인 사람인 것이다.

영원한 건 없어

정말 즐겁고 재미있다고 느끼는 순간이 있다. 그러나 언제부턴가 그런 순간엔 '이것도 영원하지 않을 것'이라는 생각을 하곤 했다. 그리고 실제로 그 순간은 영원하지 않았다.

학창시절 중 가장 즐겁게 보냈던 고등학교 2학년 시절, 친구들과 시험 기간이 끝나고 삼삼오오 모여 맛있는 것도 먹으러 가고 영화도 보러 가고 노래방에서 서로 점수 대결도 한 적이 있다. 세상엔 지금 이 순간밖에 없는 것처럼 즐기던 순간들이. 또, 1년간 다녔던 보컬 학원에서 만난 인연들과 서로 엠티도 가고 노래 연습도 하고 춤도 가르쳐 주며 지낸, 돌아보면 눈물 나게 즐거웠던 순간들도 있었다. 성인이 되어 친구들과 처음 떠난 국내 여행도, 동행하는 어른도 없이 처음으로 우리끼리만 계획을 짜서 여행했던 해외여행도. 모두 이 순간이 영원할 줄 알았지만, 또 영원하길 바랐지만 영원하지 않았다.

많은 일을 겪으면서 영원히 함께 갔으면 좋겠다고 생각했던 인연들이 하나둘씩 끊어져 가고, 그중엔 내가 먼저 끊어내 버린 사람들도 있다. 예전엔 그렇게 서로의 눈을 마주치며 참 많은 비밀들을 쏟아냈고, 서로의 꿈을 응원해 주고, 칭찬과 격려를 해주며 함께 보냈던 사람들이 이제는 안부 인사 한 번 나누기에도 어색한 사이가 되어 버렸다. 메신저 리스트엔 여전히 존재하지만, 이제는 이 사람도 많이 달라졌다는 걸 깨달아가는 순간들을 느낀다. 그러다 내가 정을 너무 쉽게 주는 건가 하며 이제는 그러지 말아야지 하면서도, 결국 또 누군가를 새롭게 만나면 친해지려 이런 저런 얘기들을 꺼내 놓는다. 맨날 인연이 끊기고 나면 한참 후회하게 될 것을 알면서도.

그런 인생을 걸으며 느낀 것은 늘 비슷했다. 모든 것은 영원하지 않고, 그렇기 때문에 돌아보면 그 순간들이 소중했다고 깨닫는 것. 또, 누군가가 내 곁에서 사라지고 멀어지면 그것이 다른 누군가와의 시작점이 된다는 것. 다신 예전의 행복했던 그때로 돌아갈 수 없으나, 새로운 누군가와 또 다른 순간을 만들어가게 될 수 있고, 또 시간이 지나면 그 새로운 이와 만든 순간 또한 애틋한 추억이 된다는 것이다. 살아가며 같은 사람만 계속 만날 순 없다. 누군가가 나를 밀어내고 또 내가 누군가를 밀어내면, 어느샌가 새로운 누군가가 내 옆에 다가와 있다. 나의 일상을 새로이 이루고 있다. 그것이 살아가는 동안 무한으로 반복된다.

너무 소중했지만 언제부턴가 변해가는 사람들도 있다. 나는 여전히 그 사람이 소중하기에 참아주는데, 상대는 그것을 이용해 나를 농락하고 이용하는 것처럼 느껴지기도 한다. 가끔 그런 일들은 그 사람이 내 옆에 있을 자격이 없다는 걸 일깨워주는 기폭제 역할을 한다. 그렇담 때로는 그 인연을 놓아 버리는 것도 필요하다. 예를 들어서 내 주변 사람들과 내가 연결되어 있는 끈이 있고, 내가 그 끈들을 모두 한 손에 움켜 쥐고 있다고 생각해 보자. 이게 우리의 인연이다. 그런데 내가 신경을 쓸 수 있는 사람의 수, 즉 내가 손에 쥐고 있을 수 있는 줄의 수는 한계가 있다. 그럼에도 불구하고 나는 모두 다 함께 하고 싶다는 욕심에 그 끈들을 꽉 움켜쥐고 있다. 그럴 때, 나를 농락하는 것 같은 사람들은 잠잠히 있지 않고 계속해서 이리저리 끈을 흔들고 움직인다. 계속 쥐고 있을 수 없을 정도로 손이 쓸리고 피가 나게 한다. 그렇담 그 끈은 나를 위해서라도 과감히 놓아버려야 한다. 그 끈을 계속 억지로 쥐고 있다간 다른 인연의 끈들조차 모두 엉켜버리는 참사가 일어날 수 있다.

내가 작가 일을 시작하게 된 이후부터 꽤 많은 사람에게 '자신의 고민을 들어달라'는 요청을 받는다. 그중엔 '자신을 힘들게 만드는 주변 사람'에 대한 고민이 가장 많다. 그런데 고민을 찬찬히 들어 보면, 참 아이러니하게도 힘들게 만드는 주변 사람이 '사랑하는' 연인이거나 '사랑했던' 과거의 연인인 경우가 많다. 그럼 나는 더더욱 그 끈을 쥐고 있지 말고 놓으라고 말하는 편이다. 사랑하는 연인의 자리는 단 한 자리다. 그 자리는 너무 소중해서 아끼고 아껴야 한다. 아무나 그 자리를 차지해서도 안 되고, 나를 아프고 힘들게 하는 사람이라면 더더욱 그 자리에 있을 자격이 없다. 그 사람을 놓아야 더 좋은 사람이 올 자리가 생긴다. 좋은 사람을 만나고 싶다면, 지금 잡고 있는 좋지 않은 인연의 줄부터 놓아야 한다. 그래야 더 좋은 사람이 와서 인연의 끈을 잡을 수 있는 기회가 생긴다.

처음에 말했다시피 모든 이야기는 끝이 있다. 하지만 인생에선 그 끝이 또 다른 시작이 될 수 있다. 영원한 즐거움도, 영원한 아픔도 없다. 그 사람과 정말 행복했고 좋았던 순간들도 영원하지 않다. 이미 그 사람이 날 아프게 하기 시작했다면 그 즐거움은 끝이 난 것이고, 나는 그 사람을 놓아야 더 좋은 사람을 만날 수 있다. 그리고 좀 더 생각해 보면 그 사람을 놓는 아픔 또한 영원하지 않다. 좋은 사람을 새롭게 만나는 순간, 전의 그 사람은 기억하지도 못할 정도로 행복할 테니까.

돌아가자, 잊고 있던 소중하고 좋아하는 것들에게. 가만히 생각해 보자, 힘들 때마다 팔 벌린 채 이리 오라며 반겨주는 다정한 것들에게 안긴 채로. 주저앉으라는 게 아니다. 잠시 숨을 고르고 가라는 거지.

영향을 챙겨 나오세요

작가라는 길을 선택하고 걸어온 지도 벌써 햇수를 세려면 한 손의 손가락을 다 접어야만 셀 수 있게 되었다. 소설을 1년 쓰다가 적성에 맞지 않는다며 그만두고, 에세이 쪽으로 넘어온 지도 꽤 오래. 이렇게 에세이를 쓰게 된 후 만난 독자분들이, 가장 많이 묻는 질문이 하나 있다. 바로 내가 '글을 쓰게 된 이유'이다.

"작가님은 왜 글을 쓰기 시작했어요?"라는 질문을 받으면, 두 가지의 계기가 떠오른다. 원래 글이란 걸 처음 쓰기 시작한 것은 소설이었으니 소설을 쓰기 시작한 시점과, 지금 쓰고 있는 에세이를 쓰게 된 시점 이렇게 두 가지로 나뉘어진다. 그래서 소설을 쓴 시점부터 말을 하자면 그 속에 사연이 참 많기 때문에, 웬만하면 에세이를 쓰기 시작한 이유만 짧게 얘기하는 경우가 많다. 그렇지만 두 가지 다 공통점은 있다. 누군가의 영향으로 인해 시작한 일이란 것.

'인생의 터닝 포인트'라는 말이 있다. 나는 이 터닝 포인트가 좀 많은 사람이다. 그 터닝 포인트는 큰 사건도 있고, 아주 자잘한 사건도 있는데 그 모든 것은 대개 누군가를 좋아하면서 일어난 일들이었다. 나는 짝사랑 경험이 많다. 그리고 그 짝사랑들이 이루어지지 못했지만, 그 속에서 항상 어떤 영향을 받았다. 그래서 훗날 뒤돌아보면 그 짝사랑들 이후에 나는 아주 많이 변해 있었다. 일단 소설을 쓰게 된 계기도 '좋아하는 사람과 이런 이야기로 사랑이 펼쳐졌으면 좋겠다.' 하는 생각이 들어서였다. 게다가 에세이 또한 내 인생 중 가장 진한 짝사랑을 경험하면서, 그 사람에게 차마 전하지 못한 마음을 글로 토해내면서 쓰기 시작했다. 그래서 처음엔 짝사랑과 관련한 글만 썼었다. 그러다 짝사랑을 끝낸 이후에 좋아하게 된 한 가수가 있었는데, 그가 쓴 가사들 속에서 경이로운 표현법을 마주하게 되었고 그것은 내 글에 파격적인 전환점이 되었다. 그렇게 쓰인 글들이 모여 나의 작품들이 되고, 그 시간들은 나를 작가로 만들어 주었다.

　뒤를 돌아보면 인생에서 괜히 한 경험은 하나도 없었다. 다 그 경험들이 존재했기에 지금의 나라는 사람이 만들어졌다. 그게 좋았던 경험이든, 그리 유쾌하지만은 않은 경험이었든. 모든 일을 겪으며 나는 조금씩 변해간다. 내 인생 가장 큰 짝사랑의 경험을 했을 때, 그 상대는 말을 참 예쁘게 하는 사람이었다. 그래서 난 번지르르한 말만 듣고 그의 성격에 환상을 입혀 내 멋대로 판단했다. 그렇게 속을 태우며 좋아하다가, 이런저런 일들을 겪으며 내가 생각한 환상 속 사람이 아니란 것을 알게 되었다.

　그 후 누군가의 모습을 단편적으로만 보고서 좋은 사람이라고 굳게 신뢰해 버리는 섣부른 마음을 고치게 되었다. 또, '예쁘다, 예쁘다' 하면서 굳게 걸어 잠근 내 마음의 문을 계속 두드리기에, 결국 마음의 문을 열고 다 꺼내주었더니 변심해 버리는 또 다른 누군가를 겪기도 했다. 그래서 함부로 누군가에게 마음을 다 내어주는 것 또한 조심해야 함을 알았다. 물론 사람을 한 치의 오차도 용납할 수 없을 정도로 꼼꼼히 재보면, 쉽사리 사랑에 빠지지 못한다. 경계심만 가득해진 지금의 내 모습이 조금 쓸쓸해 보이기도 하지만, 인생을 살아가는 데에는 꼭 필요한 경험들이었다고 생각한다. 그래서 지금의 내가 싫지는 않다.

살다 보면 많은 사람을 만나게 되고, 그 사람들과 많은 상호 작용을 하게 된다. 어떤 사람이든 좋은 면과 나쁜 면이 동시에 발견된다. 물론 좋은 면만 봤으면 좋겠지만, 그게 내 마음처럼 되지는 않는다. 누군가에겐 좋은 면을 많이 발견하게 되지만, 누군가에겐 나쁜 면만 한 뭉텅이로 발견해서 서로의 관계를 끝마치게 되는 경우가 더 많은 것 같다. 게다가 좋은 사람인 줄 알았는데, 나중엔 그렇지 않다고 판단해 끊어 버리는 경우도 있다. 나는 사람들이 그런 관계들 속에서 최대한 좋은 영향들을 챙겨 나왔으면 좋겠다. 본 받을 게 많은 좋은 사람에게는 내 인생에 적용시킬 좋은 부분을 챙겨오고, 좋지 않게 끝난 사람에게선 '절대로 저렇게 살지 말아야겠다'는 배움을 챙겨왔으면 좋겠다. 그 일로 인해 성장할 내 모습을 그리며, 조금은 긍정적인 마음으로 그에 따른 영향 또한 챙겨왔으면 좋겠다.

나는 마음 아프게 끝난 짝사랑의 경험으로 글을 쓰기 시작했고, 또 열렬히 좋아했지만 아주 큰 실망을 하게 되어 이제는 좋아하지 않는 가수의 가사에서도 큰 영향을 받았다. 그 모든 일이 꿈을 이루는 지름길을 마련해 주었다. 할 말도 못하고 살던 소심함의 극치였던 나는, 무수히 많은 사람을 상대하며 마음이 여러 번 깨졌다. 그렇지만 깨졌다가 붙은 경험을 수도 없이 반복했더니, 이제는 내 의견을 말할 줄도 아는 사람으로 변했다. 그 과정이 순탄하진 않았어도, 그리 유쾌하지 않았어도 결국 그 순간의 경험들로 나는 깨닫고 변화하는 부분이 생겼다. 그러니 최대한 그중에서 내게 득이 될 만한 영향을 챙겨 나왔으면 좋겠다. 잿더미 속에서 다이아몬드를 발견하는 것만큼 힘들기도 할 것이다. 하지만 다 끝나 버린 그 관계 속에서 계속 미워하고 아파하기보다는, 나에게 도움이 될 무언가라도 챙기는 게 좋지 않을까. 그러면 그제야 비로소 고통스러워하지 않고 그 마음을 접어둘 수 있을 것이다. 나는 그로 인해서 이만큼 성장했음을 깨달았기 때문에.

끝맺음 타이밍

요새는 나를 힘들게 하는 사람이 있으면 그 사람과 인연을 끊어내는 게 현명하다라는 말들이 많이 들린다. 그리고 나 또한 그렇게 생각하는 사람 중 한 명이다. 내가 썼던 글들 중에서 힘든 인연에 관한 글을 올리면, 그 글은 SNS에 올릴 때마다 가장 많은 공감을 받곤 한다. 다시 말하면 그 정도로 누구나 한 명씩 관계를 끊어내야 할 정도로 힘든 인연이 존재한다는 것이다.

예전에 잠시 고민을 상담해 주는 라디오를 제작해서 올렸던 적이 있는데, 그때 들었던 고민들 중에선 사랑에 대한 고민보다 친구나 인간 관계에 관한 고민들이 더 많았다. 자꾸만 기분

나쁘게 하고, 자존감을 떨어뜨리고, 같이 있으면 불안하게 만드는 주변 사람에 관한 고민들. 나는 그럴 때마다 '마지막이라 생각하고 그 고민을 상대에게 진지하게 털어 놓아 보세요. 그 후에 상대의 반응을 보면 자연스레 그 관계의 방향성을 알게 될 것입니다.'라는 답변을 많이 하곤 했다. 실제로 내가 그런 적이 많았기 때문이다.

내가 느끼기엔 관계를 끝낼 때도 '타이밍'이 있는 것 같다. 아무리 망설여져도 정말로 끝내야 할 인연이라면, 그걸 알게 되는 순간이 찾아온다. 내가 상대를 최대한 배려해 한 발짝씩 물러나기를 몇 번이나 했음에도, 심지어 최후의 통첩처럼 진지하게 내 마음을 통보했음에도 여전히 그 사람이 변하지 않는 모습을 보게 되면 그 순간이 찾아온다. 상대의 이기적인 마음만 보이고, 아무리 이해하려 해도 이해되지 않는 순간이. 그럼 망설였던 게 무색할 정도로 차분하고 냉정해진다. 너와 나는 지금 이 순간부터 끝이라고. 네가 없어도 될 것 같다고. 오히려 그게 더 내 인생에 도움이 되고 편해지는 길인 것 같다고. 그러면 그제야 관계를 스스로 내려놓을 수 있게 된다. 나는 그 순간을 끝맺음 타이밍이라고 생각한다.

모든 것이 마음먹기에 달렸다는 말을 그럴 때마다 믿게 된다. 수많은 시간 고민했던 게 의미가 없어질 정도로, 상대에게서 관심을 끊고 생각하지 않게 되면 그 고민들은 더이상 나를 괴롭히지 못했다. 가장 무서운 것은 무관심이라는 말도 있듯이, 내 세상에선 내가 관심을 두지 않는 모든 것이 중요하지 않게 되어 버린다. 그러면 그때부터 나를 아프게 한 누군가를 없는 사람 취급하고 삭제할 수 있다. 문득 좋았던 순간이 떠올랐어도, 잠시 그럴 뿐 결국 다시 괜찮아진다. 그렇게 행복했음에도 그 사람을 끊어내기로 마음 먹었다는 건, 그만큼 그 사람이 나를 아프게 했다는 의미이니까. 그렇게 끊어내면, 언제 힘들었는지도 모르게 편히 잠드는 날들도 오더라.

 그 관계의 끝이 모든 것의 끝인 것도 아니다. 그 사람이 사라진 빈자리와 시간들이 오롯이 나에게 투자하는 시간이 된다. 그 사람과 연락하며 힘들어했던 시간을 이제는 다른 누군가와 보내기도 한다. 그렇게 돌아보면 인간관계는 참 유동적이다. 불과 얼마 전까지 나와 가장 많은 시간을 보냈던 사람이 지금은 내 옆에 없기도 하고, 만난 지 얼마 안 된 것 같은 사람이 내 고민을 잘 들어주고 있는 상황이 오기도 한다. 그리고 많은 시간이 흐르는 동안에도 여전히 내 옆에 있는 고마운 사람들도 있다. 그럼에도 불구하고 내 곁을 지켜 주는 아주 사랑스러운 사람들. 그 소중함을 다시금 새기는 시간이 되기도 한다.

만일 아무리 생각해도 끊어내기 어려운 사람이 있다면, 아예 끊어내진 않더라도 시간을 가지고 거리를 유지해 보는 것도 좋다. 너무 가까이만 보면 전체를 보지 못한다. 그러니 잠깐 거리를 두는 시간을 갖는 것이다. 어느새 엉켜 버린 인연을 풀고 다시 아픈 일을 반복하지 않기 위해서. 끝맺음 타이밍은 관계를 완전히 끝내 버리기도 하지만, 때때로 엉켜 버린 마음의 매듭을 차분히 풀어갈 시간을 주기도 한다. 내가 사라진 빈자리를 보고서 상대가 많은 것을 느끼고 변화해 진심 어린 마음으로 돌아올 수도 있고, 그와 반대로 내가 상대에 대해 많은 오해가 쌓여 있었음을 깨닫는 시간이 될 수도 있다. 그것을 받아들이거나 받아들이지 않거나는 미래의 내 마음에게 선택할 기회를 주는 것이다. 만약 끊어지지 않을 인연이라면, 그 끝맺음 타이밍은 잠시 거리를 둔 채 서로의 소중함을 확인해 다시 이어지게 하는 시간이 되기도 한다.

그러니 너무 아픈 인연이 있다면 나 자신을 위해서라도 그 관계를 잠시 내려놔 보기를 바란다. 다시 돌아올 사람이라면, 변한 모습으로 나타나 이어질 테고 그렇지 않은 사람이라면 여전히 변하지 않은 모습으로 영영 내 세상에 발도 들이지 못하겠지. 나를 위해서라도 나를 아프게 하는 인연들은 잠시 거리를 둘 필요가 있다.

가본 적 없는 사람

만약 내가 바다에 실제로 가본 적이 없다면, 나처럼 바다에 한 번도 가보지 않은 사람이 하는 말을 그대로 믿을 수 있을까? 바다를 보러 가려고 만반의 준비를 하는 내게 '바다는 위험하기만 하다'며 가지 말라고 한다면, 나는 그 사람의 말을 그대로 믿어야 할까. 그도 나처럼 바다를 본 적이 없을 텐데.

우리는 한 번도 경험해 보지 않은 사람의 말을 곧이곧대로 믿을 수 없다. 그 사람이 나보다 인생을 더 살았다고 해서 내 인생의 정답을 알고 있는 것도 아니다. 아마 그 사람은 자신의 인생 또한 어떻게 될지 모르겠지. 바다를 직접 보러 갈지 말지 정하는 것도, 직접 본 후 좋은지 아닌지 판단하는 것도 결국 모두 나다.

장담할 수 없는 것

조금 더 단단해져야 한다. 꿈을 향해 잘 가고 있다가도 나의 꿈을 비현실적이라며 툭 건드리는 말들에 멈추지 않으려면. 가끔씩은 주변인들을 더 경계하고 잠시 그들의 말을 음소거할 필요가 있다. 그 사람이 나와 오래 보고 가까운 사이일수록, 그들은 나를 가까이서 오래 봐 왔다는 이유만으로 내 진짜 모습을 보지 못한다. 또한 그럴수록 오만한 마음으로 나를 판단해 버린다. 나를 다 알고 있다는 편협한 생각들에 갇혀서 말이다.

예전엔 어떤 사람이 '내가 너를 너보다 잘 안다'며, '너는 그런 사람이 못 될 거야'라고 장담하듯 말하면 정말 그럴 것만 같았다. 인생을 살아보면 안다고, 모든 게 네 뜻대로만 굴러가지 않는다고 했다. 안 봐도 비디오, 불 보듯 뻔하다는 말은 괜히 있는 게 아니라며 헛된 꿈은 얼른 버리는 게 상책이라고 했다. 그런 말을 들으면 며칠 동안 아무것도 하지 못하고 멈추어 있었다. 그 말 한마디에 이리 치이고 저리 치이느라 아파서 한 글자도 글을 쓰지 못했다.

그렇지만 이젠 안다. 그게 얼마나 바보 같고 한심한 말인지. 저 말들은 꿈을 이루기 위해 무수히 많은 밤을 뜬눈으로 지새우는 이에겐 어울리지 않는다는 걸. 늘 그렇다. 해보지 못하고 해내지 못한 사람들만 가타부타 말이 참 많다. 진짜로 해낸 적이 있는 사람들은 오히려 '나도 힘들었지만 계속 했더니 결국엔 되더라', '그러니 너 원하는 대로 해보라'고 조용히 응원할 텐데. 다른 사람의 노력을 폄하하고 깎아내리는 사람은 늘 그렇게 부정적인 생각에 갇혀서, 도전과 시도라는 말과는 담을 쌓고 살아간다. 딱 그 정도만 살아간다. 애석하게도 그렇다. 사람은 생각의 크기만큼 살아간다. 100을 원해서 70만큼의 힘을 쏟아부어도 50만큼도 못 산다며, 그러니 100은 헛된 꿈이라고 말하는 부정적인 사람들. 그들은 자기처럼 30만큼만 원하며 살아가라고 안일한 조언을 던진다. 정작 본인은 30만큼도 힘들게 살아가면서 말이다.

내가 무언가를 원하는 것은 나의 권리이고 그것을 위해 열심히 사는 것도 나의 몫이다. 그 꿈들이 이루어질지 이루어지지 못할지 모르기 때문에 이토록 하루하루를 치열하게 사는 것이다. 이 열정에 대해 다른 사람이 가타부타 말할 권한이 없다. 대체 누가 내 미래를 판단하고 뻔하다고 할 수 있을까. 그러는 자기들은 자신의 미래를 얼마나 잘 예측하며 살아가고 있는지. 분명 부정의 틀에 갇혀 자신의 미래에 대해서도 '어차피 해봤자 안 돼.'라고 판단하겠지.

다시 한 번 마음에 새겨야 한다. 사람 일은 어떻게 될지 아무도 모르고, 한 줄기 낙숫물도 수백 수천 수억 번을 반복해서 떨어지면 바위를 뚫는다. 그렇듯 무수한 노력들에 깨어지지 않을 것은 없으며, 사람은 자신이 갖는 생각의 크기만큼 살아간다. 적어도 '해 봤자 안 돼'보다는 '그래도 끝까지 해 봐야지'라는 마음으로 인생을 살아가는 게 인생의 주인공을 맡은 나에게 맞지 않을까.

내 마음 좀 알아줘

내가 아무리 발버둥치고, 잠을 줄이고, 열심히 하고 있다고 자부해도 누군가의 말 한마디로 무너져 내린다. 그런 쓸데없는 거 왜 붙잡고 있냐고, 돈도 안 되는 거에 왜 시간을 쏟냐고, 세상에 그런 편안한 일 하고 싶어하는 사람이 한 둘이 아닌데 네가 그 속에서 특출나기나 하냐고. 그리고 덧붙인다. 어떻게 너 하고 싶은 대로 다 하면서 사냐고, 그 일로 정말 너를 책임질 정도로 돈을 벌 수 있겠느냐고.

내 노력의 시간을 단 1퍼센트도 모르는 입에서, 현실이라며 난사되는 말들은 정말 비겁하고 불공평하다. 정작 없는 시간 쪼개어 무언가를 해내는 사람은 나이고, 내가 그러는 동안 그 사람은 자고 먹고 웃고 떠들며 여가 시간을 즐기는데도 말이다. 그들은 조금 더 현실적인 삶을 살아간다는 이유로, 꿈을 꾸며 살아가는 내게 '너를 위한 충고'라며 독설을 날린다. 그런데 생각해 보면 이건 애초에 공평하지가 않다. 꿈이란 건 아직 현실에 없는 것이기에 이상적이고 비현실적인 것 아닐까. 그게 바로 꿈이란 건데. 그 꿈에 현실을 가져다 붙이면서 비현실적인 모든 것을 무시하는 사람에게 대체 어떻게 공평하게 대응할 수 있을까. 당장 TV만 틀어도 그 속에 꿈을 이룬 사람들이 수두룩하다. 모두 그 꿈을 이루었기 때문에 TV 속에 있는 건데, 왜 나는 저 사람들처럼 될 수 없다고 멋대로 못을 박는지.

누가 좀 말해 줬으면 좋겠어. 네가 생각하는 대로 열심히 실천한다면 다 될 거라고. 너도 충분히 저렇게 될 수 있다고. 고되고 힘든 길이겠지만, 그래도 여태 많이 왔으니 힘내라는 말을. '그러니까 조금만 더 하자. 분명 너의 생각과 마음이 맞을 거야.' 그렇게 말하면서 내 마음 좀 알아줬으면.

그냥 요즘엔 나처럼 울적하고 힘든 사람, 근데 왜 힘든 건지 잘 모르는 사람, 그런 나 같은 사람을 만나 부둥켜 안고 울고 싶다. 너도 그렇냐고, 나도 그렇다고. 나는 나만 이렇게 힘든 것 같아 무서웠다고. 그렇게 말하며 한참 울고 싶다.

시도하지 않으면 실패는 없지만,
성공도 없다

　무슨 일이 있어도 손에 쥐고 싶은 미래가 생겼고 나는 그것을 감히 목표로 삼았다. 차마 누구에게도 말하기 민망할 정도로 아득한 목표. 그러나 내 속에 굳게 자리한 것은 '하다 보면 언젠가는 될 거야'라는 근거 없는 확신뿐이었다. 하지만 그 꿈은 여전히 멀어 보이기만 하고, 혹시나 하는 마음에 타인에게 조심스레 털어놓으면 시큰둥한 반응들이 돌아오기도 했다. 아마, 그 사람은 내가 원하는 그 미래는 절대 오지 않으리라 그렇게 생각하고 있겠지.

　그런데 내 꿈을 듣고 시큰둥했던 사람들 중에는 자신이 원하는 삶을 사는 이가 단 한 명도 없었다. 꿈이 없고, 무엇을 간절히 바라 본 적도 없어서, 무언가를 이루기 위해 달려 본 적도 없는 사람들. 나는 그런 사람들은 절대 날 이해할 수 없다고 생각한다. 그들은 한 번도 그래 본 적이 없으니까. 그런데 참 웃기게도 원하는 바를 이루어 본 사람들은 그와 반대이다. 자신의 이야기를 들려주고 싶어 각종 자기계발서를 출간하고, 원하는 것을 위해 시간과 노력을 바치라는 말들만 계속해서 꺼내놓는다. 왜냐면, 그들은 모두 그래 봤으니까. 그렇게 해서 성공해 봤으니까.

시도를 하지 않으면 실패는 없지만 성공도 없다. 그리고 나는 안다. 원하는 삶이 따로 있는 나 같은 사람은, 그와는 다른 삶을 사는 게 가장 지옥 같은 삶을 산다는 것을. 아무리 잘 살게 된다 해도 간절한 꿈이 있는 사람들은 그걸 이루지 못하고 사는 풍요로운 삶이 마치 새장 속에 갇혀 사는 새처럼 느껴지겠지. 그 안정적인 삶에 꿈이 무뎌지는 것 같다가도 창살 밖의 하늘을 보면 새록새록 그 꿈을 다시 바라게 된다.

가장 불쌍한 사람이 '애매한 재능을 가진 사람'이라는 말을 들은 적 있다. 처음 그 말을 들었을 때 나는 그 말에 동의하곤 했는데, 그땐 내 꿈을 위해 열심히 달리지 않았을 때였다. 그때의 나는 그 말을 방패 삼아 노력하지 않고 나태한 것을 합리화하곤 했다. 스스로를 애매한 재능을 가진 불쌍한 사람으로 전락시키고선 꿈을 이루지 못하는 변명을 늘어 놓기만 했다. 그건 노력하지 않음을 합리화하는 것뿐인데. TV에는 가끔 '신동'이라며 아직 어린데도 한 분야에 특출난 재능을 가진 아이들이 나온다. 그런 신동처럼 완벽한 재능을 타고난 사람은 아주 소수이다. 그렇기 때문에 방송에도 나오고 '특출나다'라는 표현을 쓰는 것이다. 그렇다면 그 신동을 제외한 모든 이들은 애매한 재능을 타고 나기 마련이다. 다들 그걸 갈고 닦아 빛을 내는 것이다. 처음부터 잘하는 사람은 거의 없다.

결국 참을성과 끈기의 문제다. 여전히 누군가 나의 미래에 대해 왈가왈부한다면 잘 생각해 봐야 한다. 그들은 과연 그러한 삶을 미리 살아 본 사람들인지. 자신의 꿈을 이뤄 본 적은 있는지. 만약 그런 길을 가보지도 않은 사람이라면 그 사람의 말에 휘둘릴 필요가 있는 것인지. 그 사람의 말에 휩쓸려 나의 미래를 놓아 버려도 평생 후회하지 않을 자신이 있는지. 잘 생각해야 한다. 그럼 답이 나오지 않을까. 만약 후회할 것 같다면 그대로 계속 걸어가자. 대신 아주 간절히.

우리는 다들 자신이 '예민한 편'이라고 생각하는 것 같다. 지금껏 살아오면서 누군가 자기 스스로를 '둔한 사람'이라고 칭하는 것을 별로 본 적이 없다. 내가 보기에 딱히 예민해 보이지 않는 사람도, "이거 왜 이래, 나도 엄청 예민하거든."이라며 반박하는 순간이 많았다. 물론 모두 이렇게 생각을 하진 않겠지만, 누구든 예민하게 반응하는 부분이 다 하나씩 있을 테니까. 나는 그런 우리의 '예민함'을 여러 각도에서 바라보고 싶다. 그 모든 예민함의 이유를 생각해 보고 싶다. 그러면 나를 있는 그대로 받아들일 수 있게 되지 않을까.

2부

나는 왜 자꾸 예민해지는 걸까

다들 어쩜 저리 열심히 살까

친구와 같이 카페에 가면 친구는 뭔가를 아주 열심히 하는 사람들을 보며 신기해하기도 한다. 친구는 이미 직장인이 되었고, 직장의 일을 밖에서 할 필요가 없는 직업을 갖고 있지만 카페에 오면 왠지 자기만 할 일이 없는 사람처럼 느껴지기도 한다고 했다. 분명 친구도 자신의 일을 끝내고 온 것인데 사람들이 다들 너무 열심히 무언가를 하고 있어, 자기도 굳이 뭔가를 펴서 읽거나 써야만 할 것 같다고. 사람들 다 정말 열심히 산다고.

듣고 보니 정말 그렇다. 다들 뭐가 그리 바쁠까. 어쩜 저리 열심히 살까. 카페에만 와도 이렇게 다들 뭔가를 위해 노력하며 시간을 보내는데, 그런데도 우리는 왜 하루하루 이리도 힘이 들까. 더이상 뭘 얼마나 더 열심히 하라고, 세상은 왜 이리 많은 것을 요구할까. 우리 모두 내 앞에 쌓인 무언가를 해내느라 정신이 없는데, 행복이나 진정한 여유는 언제쯤 마주할까. 언제쯤 불안함 없이 두 다리 쭉 뻗고 편안한 마음으로 잠드는 밤이 올까. 이렇게 몇 밤을 더 지새워야 그런 밤이 우리에게 올까.

나는 그냥 그런 사람

요새 MBTI가 새삼 유행한다. 나는 4년 전쯤 테스트해 보고 잊고 지내 왔는데 그것이 갑자기 유행하듯 번지고, 나 자신의 결과뿐 아니라 타인의 결과까지 궁금해 하는 것을 보며 참 신기하다고 생각했다.

나의 MBTI 결과는 INFP. 일명 잔다르크형이라고 불리는 유형이며 사실인지는 모르겠지만 한국에선 1퍼센트밖에 되지 않을 정도로 소수의 유형이라고 한다. 4년 전에 했을 때는 INFP가 아니라 다른 결과가 나왔고, 딱히 맞지는 않는다고 생각하여 잊고 있었는데 MBTI가 유행한 이후로 다시 해보니 INFP

가 나왔다. 그리고 그 이후 심심할 때마다 이 검사를 했었는데 간혹 다른 결과가 나오기도 했지만 결국 나의 결과는 항상 이 INFP로 돌아오곤 했다. 나의 가장 짙은 성향은 이렇단 말이겠지. 맹신하고 싶지는 않지만, 솔직히 결과에 세세히 나와 있는 요소들이 나라는 사람을 그대로 설명하고 있어 부정할 수도 없다. 특히 결과 중 '현실 감각이 둔하고 몽상가적 기질이 많으며 감정 조절이 미성숙하다'라는 말과 '규칙을 몸서리치듯 싫어하며 반복되는 일상적인 생활을 싫어한다'는 요소는, 내가 왜 이런 글을 쓰고 있으며 힘든 예술에 마음을 두고 고된 길을 걷고 있는지 아주 잘 보여 주고 있는 부분이라 소름이 돋을 정도였다.

내 본명의 뜻은 '나라에서 재주로 으뜸가는 사람'이라는 뜻인데, 우리 엄마는 내 이름에 '예술'이라는 단어에 들어가는 '재주 예'자를 넣은 것을 꽤 자주 후회했다. 사람은 이름대로 간다더니 이름에 재주를 뜻하는 한자를 넣어서 어릴 땐 노래를 한다고 하질 않나, 노래를 그만두더니 이제는 또 글을 쓴다며 왜 가장 힘든 길만 택해서 가려고 하는지 이해를 할 수 없다고 했다. 난 그런 소리를 들을 때마다 속이 상해 내가 이 길로 꼭 성공할 거라며 빽빽 소리를 질러대곤 했지만, 현실의 벽에 부딪혀 울

때마다 나는 왜 남들과 비슷한 길로 가지 않고 자꾸만 다른 길을 원하는 건지 나조차 이해할 수가 없었다. 그렇지만 난 학창 시절에도 학교와 집을 드나들기만 하는 반복적인 일상이 싫어 자퇴를 매일 생각할 정도로 몸서리를 쳤고, 내 인생의 가장 최악의 시나리오는 그대로 성인이 되어 회사원이 되는 삶이었다.

그런 반복되는 삶에서 벗어나기 위해선 예술을 택하는 게 가장 최선이었다. 그리고 그 선택이 INFP의 결과 중 '반복되는 일상을 싫어한다'라는 부분을 읽게 된 후, 어찌할 수 없는 나의 성향에서 비롯된 것이라는 것을 알게 되었다. 하지만 예술을 택한 게 꼭 그런 삶을 피하기 위한 것만은 아니었다. 억지로 선택한 것이 아니라 정말 하고 싶은 일이기도 했다. 그리고 그것 또한 INFP의 결과 중 '현실 감각이 둔하고 몽상가적 기질이 많다'는 것과 INFP에게 잘 어울리는 직업 중 '작가'가 있다는 것으로 증명이 되었다. 그냥 나는 현실적인 것보다는 내 머릿속에 있는 내면의 세계를 더 좋아하고, 반복되는 삶을 싫어하는 사람이었던 것이다. 그런데 신기하게도 내 이름의 뜻과 그러한 성향이 잘 맞아 떨어졌고, 그래서 이런 예술의 길을 계속 선택하게 된 것이었다. 그 후로도 엄마와 꿈 이야기를 하다 보면 '세상 물정과 현실을 모르는 철부지'라는 소리를 종종 듣곤 했지만, 이제는 안다. 이 길이 내게 가장 어울리는 길이라는 걸.

글을 쓰는 사람이 되다 보니, 나의 과거를 차곡차곡 되돌아보는 경우가 많았다. 그러다 보니 어릴 적에 '나는 왜 이런 사람일까', '왜 자꾸만 저 사람들처럼 되지 못하고 나약하며 이런 것에도 적응하지 못해 힘이 들까' 하면서 스스로 깎아내리기 바빴다는 것을 떠올렸다. 그 이유를 모르는 상태로 나 자신이 '할 수 있는 것'보다는 '할 수 없는 것'에 대해 밑도 끝도 없이 물고 늘어져서 그저 한심하다고 생각했다. 그리고 그것은 치료되지 못한 채 계속 마음속에 쌓이기만 했고, 그 많은 상처들이 곪다가 결국 이십 대 초반에 들어서면서 우울의 이유가 되었다. 내가 왜 이런 사람인지, 나는 왜 그럴 수밖에 없는 사람인지 알지 못한 채 계속 나 자신을 혐오하기만 했으니까. 그런 내게 MBTI 검사가 나 자신을 인정하는 법을 알려주었다고 생각한다. 나는 그냥 그런 사람일 뿐이었다. 애초에 성향이 그러하니, 다른 사람들 틈에 끼어 평범하고 반복적인 일상을 사는 게 가장 지옥 같은 삶이라고 생각하는 사람. 그렇기 때문에 가려는 길이 다른 사람들과 다를 수밖에 없었던 것이다. 원래 태어나길 오리나 닭으로 태어난 사람에게 왜 너는 다른 새들처럼 날아가지 못하냐며 다그쳐도 소용없는 일이었다. 그냥 나는 그러한 사람일 뿐이었다. 가끔 주변 사람들이 나에게 '너는 엄마가 나서서 다른 사람들처럼 편하게 발 맞춰 살 수 있게 도와준다고 하는데 왜 그 복을 스스로 걷어차고 이루기 힘든 꿈을 꾸며 허우적대냐' 말할 때가 있다. 그렇지만 그 사람들은 전혀 모를 것이다. 편하게 발맞추어 살 수 있는 반복적인 삶이 내겐 얼마나 지옥 같은 삶인지. 그 말은 곧 내게 평생 새장 같은 삶에 갇혀 살라고 하는 말이나 다름없다는 것을 단 1퍼센트도 공감하지 못하겠지.

   가끔 나는 힘들어하는 사람에게 '당신의 마음을 글로 써보라'고 한다. 글을 쓰는 사람이 되면서 내가 나 자신을 돌아보고, 내 생각들을 글로 표현하기 위해 정리를 하다 보니 힘든 것의 근원들을 깨닫게 될 때가 많았기 때문이다. 스스로를 이해할 수 없을 땐 내가 이런 성향과 가치관을 가지게 된 이유를 거슬러 올라가 보고, 나에게 영향을 준 것들에 대해서도 생각해 보는 것이 좋다. 그러면 나를 있는 그대로 받아들이게 된다. 나는 이러한 사람이고, 그리하여 어떤 것은 할 수 있지만 어떤 것은 할 수 없는 게 당연한 사람이라고. 그래서 이제는 어떤 것을 못 하는 상황이 와도 '나는 왜 이럴까?'가 아니라, 나는 이런 것에는 약한 사람임을 당연히 인정할 수 있게 된다. 나의 약점도 곧 나의 일부임을 너그러이 받아들일 수 있게 된다.

두렵게 하는 것은 공포심

　어릴 때 물에 빠져 죽을 뻔한 경험이 있다. 유치원에서 다 같이 수영장으로 소풍을 간 적이 있는데, 유아용 풀장은 너무 얕아 재미가 없어서 나보다 조금 더 큰 원생들과 선생님들이 놀고 있는 풀장에 들어간 것이 화근이었다. 그때 내가 갖고 있던 튜브는 우리가 흔히 알고 있는 원형 모양의 몸에 끼우는 튜브가 아니었다. 내가 들고 있던 튜브는 일자 모양에 두 팔을 얹어 매달려 있어야 하는 튜브였는데 지금 생각해 보면 유치원생이 쓰기엔 너무 위험한 튜브였던 것 같다.

　사고는 순식간에 일어났다. 발이 닿지 않는 깊이의 풀장에서

물기가 잔뜩 묻어 미끄러웠던 튜브가 내 팔을 밀어내듯 미끄러졌고 나는 튜브를 놓쳐 버렸다. 지금은 수영을 할 수 있지만 당시 어렸던 나는 수영을 할 줄 몰랐고, 지금도 생생하게 그려질 정도로 그 순간이 나에겐 급박한 순간이었다. 불행 중 다행으로 바로 내 앞에 선생님이 있긴 했지만, 발이 닿지 않는 깊이에서 허우적거리던 나는 선생님을 부를 수조차 없었다. 그저 첨벙거리며 물만 먹고 있을 뿐. 그리고 숨을 쉬기 힘들어 그 짧은 시간에 '이러다 죽는 게 아닌가' 생각할 정도로 정신을 잃기 직전, 다행히도 선생님이 날 발견해 물에서 건져 올렸다.

그런데 의아한 것이 있다. 거의 20년이 지난 지금도 그 수영장이 어디 수영장인지 알 정도로 기억이 생생한데, 신기하게도 내겐 물에 대한 트라우마가 없다. 물론 발이 닿지 않을 정도의 아주 깊은 바다나 워터파크 파도풀, 물살이 거세 떠내려갈 것 같은 계곡은 사람인지라 본능적으로 두려워하는 게 있다. 하지만 그 일이 있은 후에도 내가 딱히 물에 들어가는 것 자체를 무서워하거나 수영하는 것을 싫어한 적은 없다. 내 생각엔 엄마와 이모, 친척 동생과 꾸준히 목욕탕과 찜질방에 다니며 다른 사람이 탕에 없을 때 냉탕에서 놀던 경험 덕인 것 같다. 바가지 두 개로 튜브를 만들어 물에 뜨는 법을 스스로 익히고 수영도 조금씩 해보면서, 군이 수영을 배우지 않았어도 스스로 물에 떠 있거나 어설픈 헤엄 정도는 터득했다. 그 덕에 여름이 되면 각지 수영장으로 놀러 다녔고, 고등학생 때 다이어트를 위해 다녔던 수영교실에선 꽤나 진도가 빨라 칭찬을 받는 수강생이기도 했다. 지금도 역시나 좋아하는 운동으로 수영을 꼽을 정도로 물에 들어가는 것을 좋아하는 편이다.

그런데 이와 반대로 의아한 일이 또 있다. 죽을 뻔하진 않았지만, 어떤 일로 인해 트라우마가 생겨서 다신 하지 못할 것 같은 운동이 생긴 것이다. 그것은 '스키'에 관한 경험이었다. 한번은 친척들과 다 같이 스키장에 놀러 간 적이 있다. 나는 태어나서 처음으로 타 보는 스키에 적응하기가 꽤 힘들었는데, 다른 친척 동생들은 걸스카우트에서 떠났던 스키여행 경험으로 스키에 꽤 익숙해 보였다. 그래서 동생들에게 자세만 대충 배우고 서툰 실력으로 초급 코스를 네 번쯤 완주했는데, 문제는 그때부터였다.

밑에서 나를 기다리고 있던 동생들은 나 때문에 초급 코스를 계속 돌기가 심심했는지, 이 정도면 됐다며 아직 방향 전환도 제대로 못하는 나를 중급 코스에 데리고 갔다. 그러고는 중급 코스 정상에 도달하자마자 동생들은 천천히 내려오라 말하며 나를 두고 먼저 내려가 버렸다. 눈 깜짝할 사이에 나는 중급 코스에 홀로 남겨졌고, 동생들의 말과 달리 초급 코스와는 비교도 안 되게 가파른 경사에 겁을 먹을 수밖에 없었다. 어쩔 수 없이 아주 기다란 사선을 그리며 천천히 내려가기 시작했다. 그런데 한참을 천천히 내려가다가 스키 폴도 없이 빠르게 내려오던 한 꼬마 아이와 부딪쳐 넘어지게 됐다. 그 아이는 아주 멀쩡하게 툭툭 털고 일어서서는 내게 죄송하다는 말을 남기고 쿨하게 내려갔다. 그와는 다르게 나는 일어설 수도 없었다. 다친 것은 아니었지만 스키를 신은 채 일어나는 법을 제대로 터득하지 못해서 땀을 뻘뻘 흘리며 당황스러워할 수밖에 없었다.

끙끙거리며 혼자 고군분투를 하다 나는 결국 스키를 벗고 다시 신는 법을 택했다. 힘들게 스키를 벗고 일어나서 다시 신기 위해 스키를 발 앞에 두었는데 아무 생각 없이 경사면의 방향대로 내려 두었던 터라 스키가 밑으로 쭉쭉 내려가 버렸다. 너무 당황스러웠던 나는 울고 싶은 마음으로 스키를 붙잡기 위해 중급 코스 언덕을 두 발로 뛰어내려갔다. 그렇게 스키를 잡아 다시 신고 내려오는데 여전히 가파른 경사와 다시 넘어질지도 모른다는 두려움에 휩싸인 채 중급 코스를 다 내려왔다.

중급 코스에서 내려온 후 스키를 타러 다시 올라가지 않았고,

그날뿐 아니라 지금까지도 나는 절대 스키를 타지 않는다. 스키장에 가지도 않을 뿐더러 억지로 가게 되어도 옆에 있는 작은 썰매장에서 조금 놀 뿐, 스키는 쳐다보지도 않는다. 스키를 타다 죽을 뻔한 경험을 한 것은 아니지만 홀로 경사가 가파른 곳에 남겨져 일어서지도 못하고, 도와줄 사람도 없는 상황에서 내가 내 속도를 제어할 수도 없다는 게 나는 너무 두려웠다. 그날 이후 내가 두려워하는 유일한 운동이 스키가 되어 버렸다.

영화 〈라이프 오브 파이〉에서는 이런 대사가 나온다. "널 두렵게 하는 것은 물이 아니라 공포심이다." 어쩌면 그 말이 정말 맞는 말인지도 모른다. 왜냐하면 물로 인해 죽을 뻔한 경험이 있지만 물에 대한 공포심은 딱히 없으니, 나는 여전히 수영하는 것을 좋아하고 즐긴다. 하지만 죽을 뻔한 경험은 아니었어도 난처했던 경험으로 공포심이 생겨 버린 스키는 다시 하고 싶지 않을 정도로 트라우마가 생겼다.

결국 생각해 보면 모든 두려움과 불안함, 트라우마는 나의 내면이 만들어내는 것 같다. 그것이 아무것도 아니라고 생각하면 그것은 나를 두렵게 하지 못하고, 그것이 나에게 해를 끼칠까 무섭다고 생각하면 나는 그것을 하지 못한다. 인생에 있어서도 마찬가지다. 내가 어떤 것을 이루고 견디고 참는 데에 두

러움이나 불안함을 떨쳐낸다면 그것들은 더이상 나를 불안하게 하지 못할 것이다. 그러나 우리는 대개 불투명한 미래를 알수 없다며 투덜거리고 불안해하며 그것 때문에 잠 못 이루기일쑤이다. 어쩌면 그것은 내가 만들어낸 두려움과 공포심일지도 모르는데 말이다.

우울의 이유

"너는 우울한 마음이 들면 더 우울하려고 작정하는 것 같아."

하루가 멀다 하고 우울의 구렁텅이 속에 들어가 산 적이 있다. 그 때문에 당시 나와 친구들의 채팅창엔 주구장창 우울한 내용의 말들만 오갔고 그 감정들을 받아주는 건 전적으로 친구들의 몫이었다. 감정 쓰레기통, 정말 딱 그 역할을 내 친구라는 이유만으로 기꺼이 해준 것이었다. 20대 초반, 아르바이트를 하는 곳에선 두더지 잡기 게임을 하듯 내 상식 밖의 행동을 하는 무례한 사람들이 앞다투어 내 마음을 불로 지져댔다. 예민의 끝을 달리고 있던 당시의 나는 그럴 때마다 하루 종일 혼자 열이 받아 있었다. 그리고 그 화를 쏟아내고 풀 대상은 자연스레 매일 대화를 나누던 친구들이었다.

  그러다 하루는 한 친구가 내게 진지하게 말했다. '넌 우울이 너무 길다'고. '들어주기 싫어서 하는 말이 아니라, 넌 우울한 감정이 들면 그걸 해소할 생각은 안 하고 오히려 더 우울하기 위해 마음을 먹는 것 같다'며 '진심으로 네 마음과 감정들이 걱정이 돼서 그렇다'는 것이다. 처음 그 말을 들었을 당시에는 꽤 당황스러웠지만, 그 일 덕분에 나의 우울에 대해 돌아보는 계기가 되었다. 돌아보니 나는 정말로 우울한 감정이 들면 그걸 통제하려 하거나 해소하겠다고 마음을 먹은 적이 없다. 길을 걷다 우울의 웅덩이에 발이 빠지면 얼른 발을 빼서 말릴 생각은 하지 않고 그저 웅덩이에 주저앉아 짜증과 한탄만 부리고 있던 것이다. 어떤 일로 기분이 상하면 어서 그 감정을 사라지게 할 무언가를 해야 하는데 오히려 그 기분을 잡고 늘어져서 각종 상관없는 과거의 기억까지 끌어들여 나 자신을 탓하고 책망해 대며 우울의 중심부로 들어가곤 했다.
  그날을 계기로 날 짜증 나게 하는 무례한 사람을 맞닥뜨리면 그 상황이 끝나고 나서 내 기분을 전환시킬 무언가를 찾아봤다. 일부러 귀여운 동물의 영상을 보거나 평소 좋아하는 밝은 느낌의 경쾌한 곡을 찾았고, 재미있는 이야기를 보며 좋지 않은 감정을 내보낼 환기구를 찾곤 했다. 그러면 신기하게도 그 나쁜 감정은 점차 수그러들었고, 시간이 조금 더 지나니 나의 우울했던 감정에 대해 천천히 생각해 보게 되었다. 내가 왜 우울했는지 찾아 거슬러 올라가다 보면 그 원인엔 내가 아닌 타인과 어떤 상황들이 존재했다. 그래서 만일 누군가가 날 힘들게 해서 그렇다면 그 사람 생각을 1초라도 더 하는 것은 내 시간 낭비이고 나만 손해라며 다른 것으로 눌러 버리게 되었다.

또, 어쩔 땐 몸 속의 급격한 호르몬 변화로 인한 것도 많았다. 배가 고파서, 잠을 잘 못 자서, 피곤해서, 몸이 아파서 등 내가 그 감정들에 사로잡혀 인지하지 못했던 요인도 정말 많았다. 그걸 알게 된 후 별 것도 아닌 일에 예민하고 우울해지면 그 감정을 잠시 내려두고 그 상황을 멀리서 바라보듯 원인을 생각해 보았다. 그중 대부분은 식사를 해서 배고픔을 해소하거나 낮잠을 잔다거나 약을 먹는다거나 어떤 몸의 요인을 없애면 바로 사라지는 것이었다.

얼마 전부터 나를 위해 비타민을 챙겨 먹기 시작했다. 그랬더니 잠을 많이 자도 매일 나를 괴롭히던 만성 피로감과 끊임없이 찾아오던 감기가 사라졌다. 그리고 종종 이유 모를 우울감이 소나기처럼 내 위로 쏟아지는 일도 거의 사라졌다. 지금까지는 우울이 찾아오면 내가 예민하고 나약해서 그렇다고 자책했는데, 그럴 이유가 없었다. 비타민만 꾸준히 먹어도 사라지는 것인데 끊임없이 나의 탓으로 돌리고 있었던 것이다. 그러니 우울감이 생기면 곰곰이 이유를 생각해 보고 해결법을 찾으면서 감정이 극으로 치닫지 않게 통제하는 법을 기르는 것이 중요하다.

가끔씩은 내가 왜 힘든지, 무엇이 얼마나 괴롭고 지치는지 나 자신이 스스로 알아줄 필요가 있다. 비교와 경쟁 속에서 상처 투성이가 된 나를 어루만지고, 강박에서 벗어나는 것도 나 자신에 대한 의무일지도 모른다.

영원의 착각

영원한 게 없다는 사실은 때로는 내게 혹독한 포기를 가르치는 것 같아 버겁기도 하지만, 결국 그 혹독함 또한 영원하지 않다는 것에 감사하기도 하다. 한계라는 것은 항상 날 주저앉히려 하는 것 같아도 실은 그렇게라도 위험에 빠지지 않게 붙잡아 주는 안전선 역할을 하기도 한다.

누군가를 영원히 좋아할 수 없고, 또 누군가에게 한계 없이 미련을 가지지도 못한다는 것을 깨닫곤 한다. 시간이 지나 쌓인 추억의 미화들도 결국 낯 뜨거울 정도로 민망한 기억으로 전락하고 만다. 오지 않아 죽을 것만 같던 그 사람의 연락이, 이제는 생각지도 못한 새벽 나를 두드려 깨워 소름 끼치게 싫은 것이 되어 버리기도 한다는 것이다. 날 죽일 듯이 쫓아오는 우울에도 천적이 있고, 무기력하고 나태해지는 순간에도 무언가를 간절히 원하는 마음이 생기면 결국 다시 일어서게 되어 있다.

　당신의 새벽이 어떤 것, 누군가로 무수히 떨리고 불안해도 그것 또한 영원하지 못하다. 분명 저 미래에서 달려오고 있을 것이다. 당신이 닥쳐 있는 그 어두움을 끊어 줄 한계의 무언가가. 당신의 영원의 착각을 지워 낼 무언가가.

괜찮지 않아

아무 생각 없이 읽어 내린 글 한 구절에 마음을 퉁, 하고 부딪힌 것 같은 적이 있다. 그리고 공연히 하나로 정의 내릴 수 없는 감정에 휩싸이고 눈물이 날 것 같은 적이. 그럴 때마다 나는 깨닫곤 한다. 나조차 무뎌져서 알 수 없었던 내 마음과, 숨어 버려 찾는 것을 포기했던 진심이 사실 이것이었구나 하고.

우리는 자주 내가 괜찮다고 생각하며 사는 것 같다. 아니, 그냥 그것조차 생각지 못한 채 아무런 일 없다는 듯 무덤덤하게 하루하루를 살아간다. 그런데 이따금 내가 모르고 있던 내 마음을 간접적으로 체험한다. 책 속의 글 한 구절이나, 생각 없이 보던 드라마 속 대사, 영화 속 누군가의 독백에서. 그럼 나는 그제서야 깨닫는다. 내가 괜찮은 게 아니었구나, 사실 이렇게 나와 비슷한 누군가의 마음을 마주하는 것만으로도 울어 버릴 정도로 힘들었던 거고 그만큼 지쳐 있던 건데. 다른 사람들은 무던히 잘 버티고 있는 것 같아서, 다들 이 정도는 아무렇지 않게 견뎌내기에 이 정도로 힘든 것은 아주 당연한 거라고 생각했었다. 나의 힘듦의 기준을 나 자신이 아니라 타인으로 삼고 혹여나 내가 힘들다고 하는 게 투정이고 어리광 부리는 건 아닐까 그냥 무시한 채 지나가곤 했던 것이다.

진심으로 웃어 본 게 언제였는지, 그저 웃긴 무언가를 보고 웃는 게 아니라 진짜 기분이 좋아 행복감에 웃은 게 언제였는지 기억이 나지 않는다. 하늘을 올려다보며 가슴이 탁 트이는 기분을 경험한 것도 오래이고, 예전엔 아주 자그마한 일도 친구들에게 잘도 떠들어 대곤 했는데 이제는 혼자 속으로 삼키는 경우가 더 많다. 굳이, 뭐하러, 말해 봤자지 하는 생각이 들고 친구들 또한 많이 힘들어하는 경우가 다분했으니까. 어느 시점부터 나 자체는 변하지 않고 그대로인데 내 환경은 참 많이도 변해 내 머리 위엔 책임감과 어른이 감당할 무게들이 올려져 있다. 나는 아직도 어린 애 같은데 말이다. 그래서 점점 맞지 않는 어른의 옷을 입고서 흉내내기에 급급한 채 살아가는 것 같다. 이제야 학창 시절 지겹게 들었던 선생님들의 충고 속 의미들 또한 조금은 알 것 같다.

그래도 우리는 내 마음을 잠시 깨닫게 해 준 그 글 한 구절, 대사 한마디, 독백 한 줄을 간직한 채 또 묵묵히 걸어가야 한 다. 그러나 다행인 건 우리는 항상 불안해하면서도 무탈히 지 나가고, 지나가면서 느낀 감정의 양만큼 진하고 성숙한 사람이 되어간다. 그러니 조금만 더 나의 진심에 귀를 기울여주고 힘 들고 아픈 것의 기준을 타인이 아니라 내가 정할 수 있는 권리 를 누리며 살아가야 한다.

기도 제목

유난히 아끼게 되는 말들이 있다. 너에게 건네주고 싶거나 너에게 듣고 싶어 다른 사람에게는 숨기게 되는 나의 아끼는 말들이. 사랑한다는 말이나 그립다는 말은 너무 광범위하고 익어버린 말이라, 꼭 과대포장된 말같이 느껴진다. 그만큼 크지도 않은 마음을 잔뜩 부풀려 진심이 느껴지지 않는 진부한 표현이 되곤 한다. 그래서 그보단 오히려 더 풋풋해 보이고 진심이 담긴 '좋아한다'는 말과, 깔끔하고 단정한 '보고 싶다'는 말을 더 아끼게 된다.

아, 별것도 아닌 그 담백한 말들에 나는 왜 이리 감동하게 되는 걸까. "너를 좋아해, 정말 보고 싶어." 그 두 마디 말로 누군가의 진심을 절실히 깨달을 것 같다.

아마 네가 내게 이런 말을 건네주거나, 내가 너에게 이런 말을 할 수 있는 날이 온다면 우리를 스쳐 지나던 시간도 그 자리에 멈춰 설 거고, 온몸의 맥박이 쿵쾅거리겠지. 여태까지 버텨 온 모든 날이 바로 이 순간을 위해 존재했구나, 할 정도로 말이야. 너는 아직 모를 거야. 널 알게 된 이후, 매번 내 생일 초를 불기 전 눈을 감고 신께 올리는 강렬한 기도 제목들이 모두 네게로 향해 있던 것을. 네게 저 두 마디 말을 듣게 해 달라고 간절히 기도했다는 걸.

참아지지 않음을 참을 수 있나요

    사랑과 다이어트. 조금 뜬금없는 조합이긴 하지만 내게는 가장 해내기 어려운 두 가지이다.

    나는 이상하게 무언가를 조금 더 많이, 조금 더 열심히 하는 것은 자신이 있지만 무언가를 덜 하거나 하고 싶은 것을 하지 말라고 하면 너무 힘이 들었다. 결국 '절제'하는 것이 세상에서 가장 어려운 것이다.

    누군가 내게 아침에 일어나자마자 이불을 개고, 집에서 돌아오면 즉시 외투를 벗어서 가지런히 걸어두고, 아무리 귀찮아도 밤에 일기를 쓰고 자라는 등, 어떤 것을 더 행동할 것을 지시하면, 귀찮기는 하지만 그대로 행할 수 있다. 그렇지만 듣고 싶은 노래를 조금만 들으라거나, 먹고 싶은 것을 덜 먹으라거나, 보고 싶은 영화를 보지 못하게 한다거나, 쓰고 싶은 글을 못 쓰게 하는 등, 뭔가를 하지 못하게 한다면 대체 내가 왜 그래야 하냐며 반발하고 나설 것이다. 무언가를 더 하라고 하는 것은 괜찮으나, 무언가를 참으라고 하는 것은 참을 수 없다. 위에 말한 사랑과 다이어트 같은 것들이 그렇다. 어쩌면 그 두 가지는 내 평생의 숙제처럼 느껴지기도 한다. 둘 다 절제와 관련이 있기 때문이다.

  SNS를 보다 보면 헬스 트레이너와 먹는 것으로 왈가왈부하는 사람들을 자주 본다. 비싼 돈을 지불하고서 개인 트레이닝을 받을 정도로 살을 빼고 싶어도 맛있는 음식만은 포기 못해서 생긴 일이다. 결국 그 뜻은 '더' 움직이는 운동보다 '덜' 먹는 식이조절을 힘들어하는 사람이 많다는 뜻이었다. 이처럼 다이어트는 '절제' 그 자체를 의미한다.

  내게는 사랑도 마찬가지이다. 나는 누군가를 좋아하게 되면 '너는 어떻게 사람을 그렇게 열렬히 좋아할 수 있냐'는 말을 자주 듣곤 한다. 정작 본인 앞에서는 하지도 못하면서 다른 사람 앞에서는 그 사람에 대한 칭찬을 마구마구 쏟아내기 때문이다. 그러면 그 모습을 본 친구나 지인은 그렇게 말하곤 했다. 그 사람 얘기를 꺼내면 넌 표정부터 달라진다고. 진짜 세상에서 가장 행복해 보이는 사람의 표정을 하고 누구보다 즐거워 보인다고. 어떻게 사람을 그렇게 깊이 좋아할 수 있냐고. 그런 말을 계속 듣다 보니 정작 용기가 없어서 그 사람에게 직접 전할 수는 없지만, 누군가를 좋아하면 정말 마음을 다해 좋아한다는 사실을 깨달았다. 그리고 한편으로는 내게 그런 질문을 하는 사람들이 더 신기하기도 했다. 그래서 사람을 좋아하는데 어떻게 적당히 좋아할 수 있는 거냐고 오히려 되묻기도 했다.

"너는 사랑을 하면 너무 심각하게 좋아해서 그 사랑이 끝나는 순간을 아주 힘들어하는 경향이 있어. 그래서 나는 네가 누구를 좋아하기 시작하면 이제는 너무 걱정이 돼." 한 친구가 이렇게 말한 적이 있다. 이 말도 맞다. 나도 인정한다. 그래서 나는 불편한 진실을 맞닥뜨리는 순간이 가장 두렵다. 이 사람은 이런 사람일 거라며 멋대로 생각하고 그 모습에 반해 누군가를 흠뻑 좋아했는데, 사실은 내가 생각했던 사람이 아니었음을 확인하는 순간이 가장 무섭다. 내가 믿었던 세상이 한 순간에 와르르 무너지는 것이 너무 힘겹고 쓰라리다. 그래서 이제는 누군가를 좋아하려면 '내가 좋아해도 내게 상처를 주지 않을 사람인가', '정말 내가 생각하는 그 사람이 맞는가' 하고 철옹성부터 쌓는다. 경계선을 그어두고 그걸 넘어오지 못하면 좋아할 수도 없게 되었다. 그렇지만 만약 그 선을 넘어와서 어느 정도 그 사람이 좋은 사람이라는 신뢰가 쌓이면 그 이후로는 또 속절없이 그 사람에게로 무너져 내린다. 오히려 더욱 더 찾기 힘든 사람을 찾게 된 거라며 인연이라는 둥 운명이라는 둥 온갖 이유를 갖다 붙인 채 사랑에 빠진다.

사랑이란 말은 재채기에 비유하는 경우가 많다. 결국 내가 참으려고 해도 참아지지 않는다는 뜻이겠지. 누군가 불현듯 철옹성 같은 내 마음의 문을 열고 들어왔다면, 그 사람을 내쫓는 것은 더 어려워지고 그 사람을 알아가고 싶은 마음이 코를 간지럽히는 재채기처럼 참아지지 않는다. 가끔은 누군가를 적당히 사랑하는 법을 알고 있는 사람이 부럽기도 하다. 그 사람의 하나부터 열까지 다 좋아서 어쩔 줄 모르는 것이 아니라 평온하게 그저 그 사람과 함께 있으면 편안하고 재미있어서 좋아하는, 그렇게 잔잔하게 사랑하는 방식도 경험해 보고 싶다.

나에게 사랑이라는 것은 매번 화려한 불꽃놀이 같다. 예쁘고 설레는 마음이 펑펑 화려하게 터지며 밤하늘을 장식하지만, 그 쇼는 아주 잠깐이고 끝이 나면 회색 연기만 자욱하다. 까만 밤하늘만 덩그러니 내 마음에 남아 있다. 그 화려한 불꽃 같은 설렘을 참을 수가 없는데, 참기 힘든 사랑을 참는 법 좀 누가 알려줬으면 좋겠다.

꼬박꼬박 너를 생각해야 했다

어쩌면 참 별거 아니기도 하다. 너와 내가 이성적으로 만남을 가진다는 건. 그저 친구보다 조금 더 가깝고, 언제든 전화나 문자를 해도 받아줄, 나의 얘기를 들어주며 나를 궁금해하는 누군가가 생기는 것일 뿐. 하지만 그럼에도 참 다르다. 신은 대체 어떻게 이런 감정을 만드신 걸까. 세상에 존재하는 그 어떤 감정보다도 복잡하고 여러 감정이 얽히고설키어 있는 이 감정을.

글이 쓰여지지 않을 때면 꼬박꼬박 너를 생각해야 했다. 널 생각하는 나의 감정에 대해 깊이 파고들어야 했다. 구간 반복을 설정해 두고 싶을 정도로 아주 짧은 찰나 사소한 너의 습관이나 목소리, 말투, 표정, 쿵 하고 심장을 건드리는 너의 눈빛. 정말 별것도 아닌 것에 나는 자주 걸려 넘어졌다. 그런데 그 순간에도 너는 여전히 다정하게만 굴었다. 나는 다정함에 정말 약한데.

　너를 사랑한다는 이유 하나로 너는 타인과 다르게 느껴진다. 다른 사람과는 아무렇지 않게 잡을 약속, 함께 먹는 밥과 커피 한 잔, 주고받는 연락과 대화들이 너와 하게 되면 모두 의미를 가져 반짝거렸다. 모든 것이 기적 같았다. 너와 꾸준히 만날 수 있다는 그 사실 하나로 온 세상이 내 것 같았고, 모든 행운이 내 머리 위로 쏟아져 내리는 것 같았다. 별것 아닌 것마저 의미를 찾아가고, 살아갈 이유를 만들어 주는 걸 보니 나는 내 인생이란 영화에 또 다른 주연을 만났나 보다.

고역

    기다리는 것을 극도로 싫어하는 편이다. 왜냐하면 항상 무언가를 기다릴 때의 내 마음은 한껏 부풀어 있어서, 그 기다림을 끝내고 내가 원하던 것을 마주한 순간엔 그만큼의 값어치를 한 기억이 별로 없어서이다. 줄을 길게 늘어선 어떤 맛집을 가도 딱히 기대한 것만큼 맛있는 것을 먹은 기억이 별로 없고, 어떤 것을 사기 위해 아끼고 아껴 돈을 마련하고 그것을 손에 쥐었을 때도 그 당시에는 조금 기쁘지만 결국 그 행복도 오래가지 못하는 편이었다.

    아마 그중에 가장 기다리기 힘든 것은 사람일 테다. 마음이 있는 누군가로부터 오지 않을 답장을 기다리며 잠을 설치고, 누군가의 어떤 결정을 기다리며 가슴을 졸이고, 이 사람은 나를 좋아할까 아닐까 불안해하고, 그 사람의 뜬금없는 연락이라도 기다리고 있을 때면 내가 너무 초라하게 느껴진다. 기다림은 항상 나를 너무 지치게 한다. 그 사람 생각이 계속 나는 바람에 다른 일은 손에 잡히지도 않고, 그동안 다른 사람과 연락을 할 마음도 없다. 할 일은 쌓여 있는데도 자꾸만 마음은 그 사람에게로 달려가니 아무것도 못한 채 연락만 기다리다 지쳐 잠에 들거나, 이런 내가 너무 처량해 울다가 잠드는 경우도 허다했다. 그렇게 잠에서 깨고 나면 꼭 내가 원하는 바와는 다른 연락이 와 있거나, 그 사람은 내게 마음이 없음을 확인하는 일만이 뒤따르곤 했다. 아니, 어쩌면 그 기다림 속에서 이미 눈치를 채고 있었을 것이다. 이 사람이 나에게 정말 마음이 있다면 나를 이렇게까지 기다리고 애태우게 하지 않을 거라는 걸. 분명 그 정도로 바쁘지 않음을 알고 있었으니까. 이미 나는 이 사람이 내게 마음이 없다는 사실을 눈치채고 있었지만 기다리는 시간 동안 그 사실을 외면하려 했기 때문에 그토록 힘들었을 것이다.

기다림의 끝이 항상 좋지 않았기에, 하염없이 누군가를 기다리는 것은 참 무섭다. 그렇지만 여전히 나는 내가 사랑할 누군가를 기약 없이 기다리고 있다. 내가 사랑할 사람이 내 앞에 나타나면, 그 사람도 나를 좋아하게 될 수 있을까 하는 두려움도 있다. 그래서 기다리는 것은 고역이다. 그렇지만 만약 그 기다림의 끝에 좋은 일이 올 거라는 확신만 있다면, 그 끝에 나를 기다리고 있는 게 너라면, 계속 기다릴 수 있을 것 같다. 그런 사랑이 와 준다면 기다림을 견딜 수 있을 것 같다.

미련과 후회

내가 세상에서 가장 두려워하는 감정이 있다. 절대로 생기게 하면 안 될, 쉽게 벗어날 수 없는 감정이. 그것은 미련과 후회다. 두 단어가 조금 다르게 느껴질 때도 있지만 내게는 둘 다 괴로움을 동반하는 말이다. 기회가 다 지나간 후에 '그때 만약 내가 무엇을 했었다면 어떻게 됐을까. 아니, 무엇이라도 했어야 했는데' 하며 지나간 버스를 보고 어찌할 수 없는 감정을 느끼는 그런 단어이다. 차라리 놓친 게 그저 버스일 뿐이라면 30분이 걸리든 한 시간이 걸리든 다음 버스를 기다리면 되고, 만일 그게 막차였다면 다른 교통수단으로 목적지에 도달하면 그만이겠지. 하지만 우리가 놓치고서 후회하는 것은 대개 가장 소중한 것인 경우가 많다. 그중에서도 제일 놓치기 쉬운 건 사랑하는 사람인 것 같다.

영화 〈레터스 투 줄리엣〉에서는 50년 전 소중한 사랑을 놓친 클레어 할머니가 나온다. 클레어 할머니는 '소피'라는 작가 지망생의 편지 한 통으로, 50년 전 놓친 사랑을 찾아 나서게 된다. 소피의 편지에는 이런 말이 적혀 있다. '정말 소중한 것을 놓쳐 버리면 그 미련은 평생 가슴에 돌덩이로 남는다'고. 내가 미련과 후회를 가장 두려워하는 이유가 바로 이것이다. 내가 용기 내지 못하는 순간의 작은 망설임이 평생 가슴에 돌덩이를 올려둔 것 같은 그리움을 만들어 낸다. 또한 '만약에 눈 딱 감고 용기를 냈더라면 지금 나와 그 사람은 어떻게 되었을까' 하는 '만약'이라는 가정법이, 내가 원하는 세상을 실현시키지는 못한 채 평생 머릿속으로만 그려야 하는 괴로움을 유발한다.

지금껏 내가 했던 사랑들도 그런 편이었다. 너무 좋아해서 당장 귓가에 사랑한다고 속삭일 수도 있는데, 매번 그 얕은 자신감과 낮은 자존감이 내 발목을 잡았다. 그 사람이 나 같은 사람을 좋아할 리 없다며 갖은 상황을 핑계로 상대에게 내 마음을 전하지 않을 변명을 생성한다. 그러면서 홀로 괴로워한다.

이루어지지 못하게 그 사람을 향한 벽을 스스로 만들어 놓고선 염치도 없이 외로워했다. 그렇게 무수히 많은 사랑들을 미련과 후회라는 아프고 두려운 감정으로 만들어 놓았더니 이제야 좀 알겠더라. 내가 두려워해야 할 상황은 그에게 마음을 전하고 거절당하는 것이 아니라, 다가가야 할 순간에 주저하고 망설이다 아무것도 못한 채 그 사람을 영영 잃는 것이라는 걸. 그 후 '만약 내가 그때 그랬더라면 어떻게 되었을까' 하며 그 순간에 얽매이는 것이 더 무서운 것이라는 걸. 어떤 상황이든 애매하게 끝나는 것이 내겐 가장 상처가 된다. 차라리 상대의 마음을 속 시원히 듣고 나의 감정에 결말을 지어주는 것이 내게 이롭다. 그래야 내 마음도 갈피를 잡고 결론을 지을 수 있다.

내가 멋대로 혼자 쓰기 시작한 여러 권의 짝사랑 소설들이 결말도 지어지지 못한 채 여기저기 마음속에 널브러져 있다. 명확한 결말을 짓지 못하고 애매하게 끝나는 것은 영화에서 말하듯이 평생 내 마음의 돌을 올려 두게 된다. 그러니 나는 후회하지 않기 위해 결론을 지어야 한다. 내가 벌여 놓은 이 감정에 책임을 지고서 용기라는 펜으로 계속 소설을 적어내려 결말을 지어야 한다. 이루어지든지, 아니든지. 단 한 번의 망설임으로 사랑하는 사람을 50년간 그리워해야 했던 클레어 할머니가 되지 않으려면.

이루어지지 못하게 만든 사랑

이루어지지 않은 사랑이 많았다. 아니, 정확히 말하자면 표현 한 번 해보지 못하고 그대로 묻혀 버린 사랑이 많았다. 그래서 답답한 가슴을 부여잡고 뜬눈으로 밤을 지새우다, 결국 내가 아닌 다른 사람 곁에 있는 그를 보며 매번 내 사랑은 왜 이 모양으로 끝나는 걸까 하며 괜히 신께 원망을 늘어놓곤 했다. 어쩌면 그 모든 게 내가 너무 이기적이었기 때문일 텐데.

내 멋대로 한 사람을 마음속에 들여놓고, 그 마음을 계속 부풀리면서 나는 정작 그 앞에선 관심 없는 사람인 척 연기를 했다. 혹여나 그가 내 마음을 알아챌까 두려워서. 그렇게 했으면서도 집으로 돌아와선 그가 내 마음을 알아주길 바랐다. 지금 생각해 보면 그 누구도 맞추지 못할 이상한 비위를 갖고 있는 사람이었던 것 같다. 내 마음이 이렇다는 일말의 힌트도 주지 않고서, 그도 날 좋아하길 바라고 있었다니. 좋아하는 마음을 전할 생각은 못하면서, 무릎을 꿇고선 '그가 제 마음을 알아차리고 먼저 다가오게 해주세요.' 하고 기도만 했다. 어쩌면 그 기도를 들은 신께서도 당황스러우셨을 것이다. 그에게 아무 말도 못하면서 내 마음을 알게 해달라는, 말도 안 되는 기도나 늘어놓고 있었으니까. 그래서 결말은 늘 바보같이 나보다 더 용기 있는 사람에게 내가 가장 원했던 자리를 그대로 내어주고 마는 것이었다. 뭐, 내가 내어준다는 표현을 쓸 자격도 없는 것이었지만.

사랑을 시작하려면 내 마음을 내비치기라도 해야 상대가 눈치 채고 어떠한 변화의 계기가 생길 텐데. 내게 그것은 너무 무서운 일이었다. 그에게 거절당해 깨어질 내 마음이 걱정되고 두려워 매번 내 마음을 꽁꽁 숨겨 두는 식이었다. 사랑이란 것은 한 쪽이 마음을 드러내야만 시작할 수 있는 일인데 나는 내 마음을 그에게 다 보여 주면 그가 내게 마음이 있다가도 갑자기 돌변해 버릴 것 같다는 생각이 들곤 했다. 내가 이렇게 너를 좋아한다는 걸 알면, 언젠간 나를 당연시여기고 내 마음을 가볍게 여길 것 같은 느낌. 그래서 상처받을까 두렵다며 꽁꽁 숨겨 버린 결과는 결국 다른 사람 곁에 존재하는 그를 보게 하고, 이제는 상처를 받는 정도가 아니라 마음이 산산조각이 나 깨져 버리게 만든다.

며칠 전 내가 본 영화에선 주인공이 자의가 아닌 타의로 인해 짝사랑했던 이에게 억지로 마음이 전달되는 사건이 벌어진다. 그리고 어찌 되었든 그 사건으로 인해 몰래 좋아했던 상대에게 마음이 전달되어서, 상대방과 주인공의 관계에 변화가 생기는 계기가 되었다. 그렇듯 아무 말도 하지 않으면 상대는 아무것도 모른다. 아주 당연한 일이다. 고작 그가 할 수 있는 것은 추측과 짐작일 뿐, 내 진심을 정확히 알아챌 수 없다. 나도 그의 마음을 몰라 짐작만 하는 것처럼. 그리고 서로의 마음을 짐작하는 것만으로는 가까워지기 힘드니, 결국 내 진심을 보여 줘야만 한다.

나는 그 사실을 오늘 새벽에 영화를 보며 다시 한 번 깨달았다. 지금껏 내게 이루어지지 않은 사랑들은 어쩌면 내가 이루어지지 못하게 만든 것이란 걸.

그래 보고 싶었다

    가끔은 아무런 생각 없이, 아무 거리낌 없이 살아보고 싶기도 했다. 어쩔 땐 좋아하는 사람에게 무례해 보이지 않으려고 지나치게 예의를 차리다 보니, 그 거리가 좁혀지지가 않았다. 내겐 그게 어려웠다. 좋아하는 마음을 상대에게 얼마나, 어느 정도까지 자유롭게 표현해도 되는 건지. 다른 사람들이 말하는 적극적인 매력이 대체 예의를 어느 정도로 내려놓고 다가가야 하는 건지 그 선을 정하는 게 내겐 무척 어려운 일이었다. 좋아하는 만큼 이상하고 무례해 보이지 않으려 단어를 고르고 또 고르고, 평소보다 과하게 쟁여 둔 예의에 주변 사람들은 너는 너무 착하고 예의 바르지만 그건 매력이 없다고 했다.

그래, 그런 건가. 하긴, 나도 아무 생각 없이 거침없이 행동하는 사람들을 보며 가끔은 저렇게 행동해 보고 싶기도 했다. 애정 듬뿍 담은 농담과 장난을 툭툭 던지며 빠르게 친해지고, 핸드폰 번호가 어떻게 되냐며 내 마음을 빼꼼히 보여 주는 것을 두려워하지 않고, 네가 잠들었을지도 모르는 새벽에도 '자냐'며 괜히 뒤숭숭해지게 하는 메시지를 보내고 싶었다. 오늘 날씨도 선선한데 조금 걷다 들어가는 건 어떠냐고 찡긋 웃어 보이며 슬쩍 네 어깨도 건드려 보고, 함께 걷는 발을 맞추며 자연스레 손등을 마주치고 싶고, 이내 가로등 밑에서 좋아한다고, 마치 별은 반짝이고 물은 흐른다는 당연한 표현처럼 나는 너를 좋아한다고 아무렇지도 않게 말해 보고 싶었다.

　그럼에도 나는 여전히 그런 사람이 되지 못해서 모든 것에 주저하고, 네게 무례한 사람이 되기 싫다는 이유로 못내 망설이겠지. 그 모든 게 결국 다 너에게 맞춰질 타이밍을 버리고 있는 건데도. 가끔 타이밍이라는 건, 우연의 일치로만 일어나는 게 아닌데. 누군가 한 쪽이 상대방을 계속 바라보다가 우연인 척 부딪히는 것들이 모두 타이밍의 탈을 쓰고 오는 것일 텐데.

직감

누구에게나 직감이 있다. 나에게도 나만이 알 수 있는 직감이 있다. 그리고 그것은 꽤 잘 맞아떨어져서 좀 두렵기도 하다. 나는 무언가 어떤 일이 일어날 것이란 걸 온몸의 세포들로 미리 알아차리는 경우가 있다. 가령, 내가 여기서 널 더 바라보고 더 자세히 파고들면 너무 푹 빠져 헤어나오지 못할 것이라는 그런 직감. 또는, 헤어지는 너의 모습에서 다시는 널 보지 못할 것 같은 직감. 그리고 그 직감은 소름 돋을 정도로 잘 맞아 떨어지곤 한다.

나는 과학적인 것과 거리가 먼 것을 좋아한다. 운명이든, 인연이든 아직 우리가 과학적으로 밝히진 못했으나 여러 사람들이 경험했다고 하는 그러한 것들 말이다. 그래서 운명에 관해 그린 영화 〈세렌디피티〉를 "만날 운명이라면 만나게 되어 있어요."라는 명대사 한 마디를 접하고서 바로 찾아 보게 되었다. 그 속에선 그런 말이 나온다. '세상 만사 모든 일에는 그 일이 일어난 이유가 있고, 그 사건들은 모두 한 방향으로 가고 있다고. 그리고 그 방향을 찾은 것 같다고. 삶이 균형을 잡으려면 계시를 믿어야 하는데, 그게 바로 운명이라고.' 인간에겐 알 수 없는 직감이 있고 그것이 미친 듯이 발동되는 순간이 있다. 나는 직감이 발동되는 그 순간을 신이 주시는 계시라고 믿고 싶다. 신이 계획한 나의 미래를 알려주시는 계시라고. 그 순간은 놓쳐선 안 되는 거라며 미리 보내 주는 신호 같은 거라고 생각하고 싶다.

　나는 너에게 아주 강렬한 직감을 느끼곤 한다. 그날 밤, 나는 너의 얼굴을 더 자세히 들여다보면 안 되었고, 너의 이름을 알아서도 안 되었고, 해맑게 웃는 미소에 빠져서도 안 된다는 걸 알고 있었다. 이렇게 심하게 빠질 거라는 걸 과거의 나는 아마 아주 직감적으로 알아차린 게 분명했다.

　만날 운명이라면 꼭 만난다던데, 혹시 우리가 만날 운명이지 않을까 하는 직감도 든다. 무언가 과학적이진 않아서 그것을 확신할 수도, 정답이라고 말할 수도, 또 누군가에게 무조건 맞다며 밀고 나갈 수도 없지만 떨쳐버릴 수 없을 정도로 자꾸만 내 마음을 타고 올라오는 그러한 직감. 그리고 내 세상에선 그런 촉들이 참 잘 맞아 떨어지곤 해서, 더더욱 그냥 떨쳐버릴 수가 없다. 가끔은 이런 내가 미친 사람이 된 것만 같고, 누군가에게 말하기도 민망할 정도로 비과학적이고, 또 어쩌면 너 역시 어이없게 느낄 수도 있겠지만 자꾸만 그런 직감이 드는 이유는 무엇일까. 그리고 그런 네게로 걸어가는 내내 너무 힘들고 지쳐 울음을 터뜨리면, 그때마다 자꾸만 너에게로 걸어가야 할, 너를 놓치지 말아야 할 그런 이유들이 내 앞으로 툭툭 떨어지는 건 무엇일까. 희망고문과도 같은 그 구실들을 내 마음속에 욱여 넣고서 결국 또 너에게로 발걸음을 옮기게 만드는 그러한 것들은, 대체.

신발 뒤축이 닳을 정도로 거세게 달려가고 싶은 감정. 너를 향해 표출하지 못한 감정들이 무게감을 잔뜩 가지고, 그 마음의 깊이가 많이 느껴지는 표현을 하며 와락 네게 안기고 싶다.

나약한 새벽

문득 번져가는 당신 생각에 정신이 없었다. 그 불길을 꺼뜨리려 온갖 숨결들을 불어보아도 소용없는 짓이었다. 이렇게도 나약하다, 내 새벽이. 당신과 만든 티끌같이 작은 추억 하나에도 그 작은 것을 불티 삼아 아침까지 홀랑 태워 버린다. 그것에 심장이 뜨거워 어찌할 줄을 몰랐다.

그럼에도 여전히 너를 바라기만 하는, 폭삭 네게로 무너진 나약한 새벽이다.

가을이 오고 있다

가을이 오고 있다. 내가 가장 좋아하는 계절. 나는 사람을 쓸쓸하게 만드는 서늘한 가을의 밤공기를 사랑한다. 한숨이 절로 나오게 만드는 그 싸늘한 기온은 너무 황홀하다. 가을의 공기는 여름 내내 여기저기 치이며 분투하던 나를 멈추어 세운다. 그리고 주위를 둘러보면 문득 나만 덩그러니 남아 있는 것 같다. 텅 비어 있는 듯한 공기는 내가 혼자임을 절실히 깨닫게 한다. 그럼에도 나는 가을의 공기를 사랑하게 된다. 아마 이것이 '가을 탄다'는 말인 것 같다.

가을은 잊고 있던 내 감정과 감성을 마주보게 만들고, 그 속에서 휘청거리며 누군가를 그리워하게 한다. 그건 이맘때쯤 소식이 끊긴 아끼던 사람일 수도 있고, 아직 마주하지 못한 미래에 내게 올 사람일 수도 있다. 그것도 아니면 그저 나도 알 수 없는 외로움이거나. 왠지 이렇게 가을마다 누군가를 그리워하면, 언젠가는 누군가 나와 함께 가을을 보내 줄 것만 같다. 그런 미래를 혼자 그리며 이번 가을도 싱숭생숭할 것 같다.

이루기 어려운 소소함

'로망'이라고 부를 수 있는 것이 내 인생에 얼마나 있을까 한 번 세어 봤다. 그랬더니 열 손가락에 다 꼽을 수도 없게 많은 로망을 가지고 있더라. 나는 더운 계절을 좋아하지 않아서 봄, 여름에 관한 것보다 가을과 겨울에 로망이 몰려 있는데, 그중에도 12월 연말에 많이 몰려 있는 것 같다. 나는 크리스마스와 연말의 느낌을 유난히 좋아한다. 딱히 그 시기에 좋았던 추억이 있는 것도 아닌데도 그렇다. 그 즈음의 연상되는 분위기들이 추운 날씨와 대조되는 따뜻한 느낌을 주어서일까, 특히 크리스마스가 가지고 있는 분위기는 한 해 전체를 통틀어도 가장 큰 매력을 갖고 있는 것 같다. 내가 어렸을 땐 크리스마스가 다가오면 12월 초부터 온 거리에는 캐럴 음악이 울려 퍼지고, 여기저기 나무들마다 화려한 조명들을 입고 있었다. 또, 좋아하던 만화 채널에선 일찌감치 크리스마스 특집 방송으로 평소에는 보기 힘든 극장판 만화들을 내보내기 바빴다. 그래서인지 내 기억 속 크리스마스에 그리 좋은 기억이 없었음에도 평소보다 특별하고 좋은 날이라는 이미지가 새겨진 것 같다. 그래서 나이가 든 지금도 크리스마스가 다가오기 며칠 전부터 괜히 들뜨게 된다.

그러나 요즘 크리스마스는 정말 재미가 없다. 길거리에 울려 퍼지던 캐럴들도 사라지고, 화려한 조명들도 많이 없어져서 해마다 아쉬움을 남긴다. 그래서인지 나는 죽기 전에 꼭 이루고 싶은 크리스마스 로망이 있다. 나중에 사랑하는 사람을 만나 결혼을 하게 되고, 결혼을 한 뒤 처음 맞는 크리스마스 이브에는 집 안에 여러 조명과 트리를 설치해 두고 서로의 친한 친구들을 초대해서 맛있는 음식과 디저트를 나눠 먹고 싶다. 추억이 서린 대화들을 나누고 게임도 하고 자그마한 선물들도 교환하며 소소하지만 즐거운 파티를 꼭 열어 보고 싶다. 어릴 적 보던 만화 속에선 크리스마스가 되면 주인공들이 친구들과 파티를 여는 장면이 많이 나왔는데, 나는 단 한번도 그러지 못했으니 꼭 한번은 그 로망을 이룬 크리스마스를 보내 보고 싶다. 그 날 밤 눈이 오면 더 금상첨화이고.

　이 외에도 나는 로망이 참 많다. 화이트와 우드가 조화를 이루는 인테리어의 집에 벽보다는 통창이 많으면 좋겠고, 창 밖으로는 강이나 호수가 보이면 좋겠다. 그 속에서 사랑하는 사람과 봄에는 벚꽃을 보고 여름에는 파란 하늘과 유난히 싱그러운 초록의 나무를 보고, 가을엔 단풍, 겨울엔 눈을 함께 보고 싶다. 한쪽 벽면엔 빔 프로젝터를 설치해서 서로의 취향이 듬뿍 담긴 영화를 보다가 스르륵 서로의 몸에 기대 잠드는 것도 해 보고 싶다. 홈파티도 자주 열고 싶고, 함께 손을 잡고 산책도 자주 나가고 싶다. 우리가 잠든 사이에 첫눈이 내리면 아침에 먼저 일어난 사람이 첫눈이 왔다며 호들갑을 떨며 깨우고, 그날 아침은 추울 테니 따뜻한 국물 있는 음식을 차려 먹고 싶다.

　하고 싶은 게 이리도 많은데, 현실로 돌아오면 여전히 내 소소한 로망들이 너무 비현실적으로 느껴지고, 그 괴리감으로 참을 수 없이 괴롭다. 가만히 생각해 보면 그리 거창한 꿈은 아니지만, 소소하기 때문에 더 이루기 힘든 일일지도 모른다. 훨씬 더 현실적인 문제들을 포함하게 되니까. 경제적인 문제가 그중

팔할을 차지할 테고, 나와 같은 감성의 비슷한 로망을 지니고 있는 사람을 만나 사랑에 빠진다는 보장도 없다. 그렇지만 그럼에도 나는 괜히 따라하고 싶은 영화 속 한 장면을 마음속에 감춰 두고 사는 것처럼 나만의 로망이 담긴 장면들을 꼭 지닌 채로 살아가고 싶다. 그런 따스한 로망 하나쯤은 가지고 있어야, 내가 살아가는 이유를 느끼며 힘든 날에도 견딜 수 있을지도 모른다. 조금은 애매모호하고 두루뭉술한 것일지는 몰라도. 당신의 로망이 담긴 장면엔 어느 계절, 어느 날, 어느 순간, 어떤 날씨, 어떤 사람이 살아가고 있는지.

타인과의 비교로 힘들어할 나에게

오늘도 기분이 별로야. 저번 달이 끝나고 이번 달이 되면 이 긴 슬럼프도 끝날 줄 알았는데 말이지. 몇 주째 나를 괴롭히는 이 우울감은 대체 어디에서 오는 걸까. 대체 뭐가 그리 불안하고 뭐가 그리 싫은 걸까. 나는 오늘 뭘 했지? 내 기분이 왜 이렇게 되어 버렸지? 아침부터 기분이 좋지 않은 건 아니었는데 말이지.

아, 생각해 보니 아까 인터넷에서 한 연예인에 대한 기사를 본 것 같아. 나와 나이가 같은 그 연예인은 어제 한 예능 프로그램에서 수십 억 원이나 하는 한강 뷰 아파트에 살고, 1억 원은 족히 넘을 것 같은 비싸고 으리으리한 외제차를 끌고 다니는 모습을 보여 줬어. 한강뷰 아파트에서 사는 것은 내가 죽기 전에도 못 이룰 것 같아서 내 인생 최대의 소원으로 손 꼽는 건데. 보통 소원이라고 함은 꿈이나 목표보단 이뤄지기 힘든 비현실적인 단어잖아. 마치 알라딘에 나오는 지니 같은 존재를 만나서 빌어야만 이뤄질 것 같은 그런 일들. 내게는 그런 일과 같았는데 저 친구는 나와 나이도 같은데 벌써 그걸 이뤄낸 거야. 소원이 아닌 꿈과 목표로.

　뭐 근데 사실 그 일들은 너무 비현실적인 일들이라 거기까지는 괜찮았어. 그리고 SNS에 접속했는데 팔로우를 해 둔 각종 SNS 스타들과 셀럽들의 사진이 쏟아졌지. 와, 저 분은 모델이라 몸매도 참 좋은데 어쩜 저리 얼굴까지 환상적일까. 또 저 분은 무슨 사업을 하는 사람이라는데 역시나 좋은 차에 영어도 잘하는 것 같고 운동도 매일 열심히 하나 봐. 이 사람들은 팔로워 숫자도 장난이 아니다. 몇 만 명이 저 사람의 일상을 보고 있다. 역시나 내 눈에 멋져 보이면 다른 사람들 눈에도 그리 보이나 봐. 나, 조금 울적한 것 같아.

　기분 전환이나 할 겸 각종 영상이 가득한 인터넷 페이지에 들어갔어. 그리고 내가 자주 보는 힐링용 일상 브이로그를 켰어. 와, 저 사람의 삶은 항상 봐도 내 로망 그 자체인 것 같아. 방은 화이트 톤에 아주 깔끔한 인테리어야. 요리도 잘하고 매일 건강식으로 밥을 지어먹는 게 참 대단한 것 같아. 나도 혼자서 살아보고 싶은데 저 사람들은 월세 걱정은 안 하겠지? 저 사람의 일상을 봐. 월세 같은 건 신경도 안 쓰는 것처럼 진짜 여유로워 보이잖아. 출근 같은 것도 안 해. 그래서 저렇게 자신을 돌아보고 여유로운 일상이 가능하겠지. 하지만 난 저럴 시간이 없어. 나는 매일 출근을 하고 이 좁디 좁은 곳에 몇 시간씩 붙잡혀 일을 해야 하는데, 저런 일상을 살 수는 없지. 저 사람은 무슨 복을 타고나서 저렇게 예쁘고 여유로운 삶을 사는 걸까. 기분이 더 내려앉는 것 같아.

TV를 좀 볼까. 오, 이번에 새로 하는 일반인 연애 프로그램에 나온 저 사람은 명문대를 졸업하고 지금은 대기업에서 연봉이 억 대래. 또 다른 사람은 아주 유명한 고급 레스토랑 셰프래. 저 사람들이 앞다투어 좋아하는 것 같은 사람은 운동 강사라 몸도 아주 좋고 인기도 많아서 수강생도 엄청 많아 돈도 많이 번대. 다들 정말 대단한 것 같아.

음, 내가 지금 기분이 좋지 않은 이유를 조금 알 것 같아. 예전에 인터넷에서 본 글 중에 그런 말이 있었어. 내가 보는 성공한 사람의 인생은 '스포츠 하이라이트'를 보는 것과 같다고. 축구를 보더라도 그 골 넣는 한 장면이 사실 몇 초 사이에 뚝딱 나오는 게 아니라, 전반과 후반을 모두 열심히 뛰는 도중에 생기는 찰나의 장면이잖아. 또, 그들이 그런 대단한 골을 넣기 위해서는 무수히 많은 시간을 연습하고, 그 속에 녹아 있는 눈물과 땀들이 있었기에 가능한 것인데 사람들은 그것엔 관심이 없다고 해. 그들이 해 온 노력은 보지 않고서 이뤄낸 결과만 보는 거지. 그래서 나도 기분이 좋지 않았던 거야. 그들의 노력은 생각하지 않고서, 나보다 잘 사는 것 같아 부러운 마음만 들었기 때문에.

조금 더 찾아보니 한강 뷰에 사는 나와 나이가 같은 연예인은 내가 학교에서 친구들과 편하게 웃고 떠들고 놀러 다닐 시간에 스타가 되기 위해 피 나는 노력을 했대. 연습생이 되기 위해 보컬 학원에서 거의 살다시피 하고 주말이면 각종 오디션을 보러 가고, 오디션에서 각종 쓴 소리를 들어가며 수십 번을 떨어지고 나서야 겨우 회사에 들어갔대. 그렇게 힘겹게 회사에 들어가선 무수히 많은 회사 사람들의 시선과 눈초리를 견뎌냈고 데뷔조차 확실치 않은 앞이 캄캄한 시간들을 보내며 어렵게 어렵게 데뷔를 했지. 그리고 데뷔 이후에도 길었던 무명의 시간들을 견디고 무수히 많은 악플에 맞아가며 여기까지 온 거래.

내가 본 SNS 속 모델은 내가 맛있는 음식들을 먹고 누워 뒹굴거릴 때, 완벽한 몸매를 갖기 위해 온갖 식욕을 강제로 억누르며 각종 운동과 시술들을 받아 관리를 했대. 사업가는 그 사업을 거기까지 키워내는데 자신의 시간을 모두 버리고 불확실한 성공 속에서 매일 허황된 꿈이라는 말을 들어가며 불안에 떨었대. 일상 브이로그를 찍어 올리는 그 크리에이터 역시 그런 일상을 살아오기 위해 지금까지는 힘든 회사 생활을 몇 년씩 병행해 오며 밤을 새워 영상을 만들어 업로드했고 이제야 조금 안정적인 수익이 생겨 회사를 그만둔 거래. 하지만 일상 브이로그를 올리기 위해 어느 날은 하루종일 영상에만 매달려 있고 자신의 일상들을 찍기 위해서라도 더 열심히 부지런히 살아야만 한대. 또 이런 수입이 언제까지 이어질 거라는 보장이 없어서 다른 꿈을 또 찾아가야 한다고 하더라.

그리고 어쩌면 지금 작가로 이 글을 쓰고 있는 나도 그렇잖아. 나를 잘 모르는 사람은 나를 보며 '쟤는 쓰고 싶은 글 조금 쓰는 것 같더니, 이제는 책을 냈다네. 참, 요즘은 다 작가라고 하고 책을 낸다며. 인생 참 쉽게 산다'고 생각할 수도 있지. 그렇지만 나 자신은 알고 있잖아. 내가 이 글들을 쓰기 위해, 이

책을 세상에 펼치기 위해 얼마나 많은 새벽을 지새웠고 불안함에 떨며 눈물을 흘렸는지. 또한 지금도 그리 쉽고 편한 인생이 되지 못해 막막하기만 하다는 사실을.

생각해 보면 참 웃긴 일이야. 사실 나보고 그 성공한 사람들의 인생대로 살아보라고 그 인생을 내게 준다면 나는 그 인생을 제대로 살아낼 수는 있을까. 어차피 나는 지금까지도 그리 살아오지 못했는데. 살아 보라고 한들 그들의 그 무수한 노력들을 그대로 해 낼 자신이 없어. 즉, 어차피 내가 살아볼 수 없는 그들의 삶일 뿐이라는 거야. 그러니 나와 다른 삶을 사는 그 사람과 내 인생을 비교하는 것은 아주 무의미해. 비교하면 할수록 내가 어찌할 수 없는 것으로 인해 기분만 나빠질 뿐이야.

그러니 그들처럼 유명해지고 싶거나, 그들처럼 꿈을 이룬 삶을 살아보고 싶다면 내가 할 수 있는 나만의 방식을 찾아 최대한 그들이 노력했던 만큼 해 보자. 내 방식대로. 누군가와 비교하지 말고 내 인생과 나의 때를 기다리며 더 집중하자. 어차피 나는 그들이 될 수 없고, 그들이 하는 일들이 내가 하고 싶은 일도 아닐 뿐더러, 다른 말로 하자면 그들도 내가 될 수 없으니까.

돌아가고 싶을 정도로 그리운 것들

   지금은 때때로 20대 초반의 나를 되돌아보며 인생이 참 무미건조하게 변했음을 느낀다. 아마 나보다 나이가 있는 사람들이 읽기엔 '이 사람은 꾀해야 아직 20대인데 뭘 그리 나이 타령을 하나' 하는 생각이 들 수도 있겠지만, 아마 지금의 나는 과도기인 것 같다. 그 과도기 속에서 어느 정도 철이 없어도 허용이 되는 이십 대 중반을 지나, 이제는 조금씩 그러면 안 되는 나이로 향하고 있어서 더 무미건조하게 느끼는 것 같다.

   사실 내 20대 초반은 특별한 게 하나도 없다고 생각했지만, 이제 와서 되돌아보면 꽤나 많은 일들이 있었던 것 같다. 그중 가장 큰 것은 아마 사랑이었다. 성인이 되어 학교에서 해방되듯 풀려나고 그로 인해 행동 반경이 넓어지면서, 나는 자주 홍대에 들락거렸다. 사는 곳은 경기도였지만 서울에 사는 지인이나 친구가 많았다. 대학교 친구를 비롯해서, 스무 살까지 다녔던 보컬학원에서 만났던 동생들도, 약 3년간 매주 토요일마다 나갔던 취미 밴드에서 만난 언니들도, 모두 웬만하면 서울에 사는 사람들이었다. 그래서 나는 중고등학교 친구들을 만날 때 빼고는 거의 홍대 언저리에서 누군가를 만났다. 그래서 난 매주 주말만 되면 홍대에 출근 도장을 찍기 바빴고 엄마는 그런 나를 보며 매일 어디를 그렇게 나가냐고 잔소리를 하곤 했다.

솔직히 별로 특별한 걸 한 기억은 없다. 술을 정말 더럽게도 못 마시는 체질인지라 홍대에 가봤자, 취할 때까지 술을 마시지도 않고, 그렇다고 헌팅 술집 같은 곳에 가서 이성의 핸드폰 번호를 수집하지도 않았다. 클럽 같은 시끌벅적한 곳과는 애초에 거리가 먼 성격이라 친구들이 데리고 간다 해도 내가 먼저 몸을 뒤로 빼며 다른 곳에서 조용히 우리끼리 놀자고, 그렇게 판을 깨는 것도 나였다. 그렇지만, 그때는 왜 그리 다 재미있었을까. 뭐가 그리 다 새롭고 들뜨고 신나기만 했을까. 차분히 생각해 보면 그 속에 우리의 사랑 이야기들이 있었다. 친구와 나는 만나기만 하면 소개팅과 미팅 얘기들을 하기 바빴다. 소개받은 사람과 얼마나 연락을 했고, 언제 다시 만나기로 했고, 답장 속도와 말투, 성격은 어떤지. 그리고 그러다 그 사람의 마음이 조금 싸한 느낌을 풍긴다며 울먹이기도 했다. 또, 상대의 속을 몰라 마음을 애태우게 된 사연들이 대화의 대부분을 이루었다. 그리고 그 속에서 누가 봐도 만나선 안 될 것 같은 나쁜 이성을 만나는 친구들도 있었다. 나야 원래 겁이 많아서 조금이라도 이상하면 애초에 가까워지지도 않는 스타일이었고, 그래서 그닥 나쁜 사람을 만난 적은 없지만 주변 사람들은 그렇지 않았다. 그래서 친구들 중엔 연애 때문에 내 앞에서 엉엉 우는 친구도 많았다.

우리는 첫 차가 뜰 때까지 쌀쌀한 가을 바람을 맞으며 카페에서 술집으로, 또 술집에서 카페로 몇 번을 옮겨 다니며 자신의 사랑 얘기들을 하느라 바빴다. 그렇게 하루를 꼬박 같이 보낸 후 집으로 돌아갔어도, 또 그 나쁜 이성에게 연락이 오면 몇 시간씩 통화를 하곤 했다. 그 속에 우리는 스스로 자각하지는 못했지만 지금 생각해 보면 참 풋풋하고 어렸던 것 같다.

넷플릭스에서 봤던 〈내가 사랑했던 모든 남자들에게〉라는 영화 시즌 2에서는 그런 장면이 나온다. 한 할머니가 남자 주인공 피터와 뜻하지 않게 갑자기 헤어진 여자 주인공 라라진에게 "엉뚱한 남자에게 키스도 해 봐야 뭐가 맞는지 알 때도 있어. 헤어진 거 취소해, 네가 그러고 싶다면."이라고 말하는 장면이. 그리고 라라진은 "피터가 싫다고 하면요?"라고 되묻자 할머니는 "그럼 마음이 찢어지겠지." 하고 대답한다.

그 장면을 보면서 어쩌면 나와 친구들도 저런 시절을 보냈겠구나 싶은 생각이 들었다. 가끔은 정말 막장 드라마 속의 주인공이 된 것마냥 이상하게 만나 갑자기 사랑에 빠지기도 하고, 그렇게 세상에 우리 둘밖에 없는 듯이 사랑을 하다가, 또 정말 어이없이 헤어져 몇 날 며칠을 울며 보낸다. 마음이 찢어진다는 말이나 가슴에 구멍이 뚫렸다는 말이 무슨 뜻인지 이해가 된다고, 생각 없이 듣던 이별 노래 가사들이 어쩜 이리 내 얘기를 써둔 것 같으냐고 그렇게 새벽 내내 누군가를 붙들고 울기도 했다. 그 사람과 같이 보내며 웃고 행복했던 순간들이 스쳐 지나가는 사소한 것에도 생각이 나 나를 붙들어 세웠다. 지금 생각해 보면 별것 아닌 일에도 호들갑을 떨 정도로 모든 것이 새롭게 느껴졌던 것 같다. 그리고 지금은 왠지 돌아가고 싶을 정도로 그립다. 고작 2~3년 전이지만, 하루하루가 짜릿하고 재미있던 그 순간이 이제는 없어져서 삶이 참 무미건조해졌구나 하고 생각한다.

요새는 홍대에 잘 가지 않는다. 가더라도 홍대는 사람이 북적북적해서 정신이 없는 탓에 연남동이나 상수, 혹은 신촌 쪽으로 자연스레 발길을 돌린다. 한창 홍대 중심가를 내 집 드나들 듯이 들락거릴 때 그런 나를 보며 나보다 4~5살 많은 언니들이 그렇게 얘기했다. '홍대에 가면 어린 친구들이 많아서 이제는 못 가겠다'라고. 그때 나는 그래 봤자 언니들도 20대인데 뭘 나이가 많다고 못 간다는 걸까 하는 생각이 들었는데, 지금 보면 단순히 '나이'에 대한 말은 아니었던 것 같다. 언니들이 말한 '어리다'는 말이 모든 것이 다 처음이라 새롭고, 풋풋한 사랑을 겪고 있는 사람들을 지칭하는 말이지 않았을까 싶다. 영화 속 할머니의 말처럼 몇 번은 사랑에 실패도 해보고, 나를 힘들게 하는 사람을 만나 목숨을 건 듯 치열한 사랑도 해보고, 그런 과정들을 겪어내야 좋은 사람을 구별하고 점차 사람과 세상에 대해서도 알아가는 것 같다.

공강인 날을 맞춰 저녁 늦게 만나 새벽까지 카페와 술집을 오가며 사랑 얘기를 나누던 대학생의 우리는, 이제는 직장인과 사회인이 되어 평일엔 무미건조한 일상을 보내야 한다. 그렇기 때문에 예전과는 달리 그 다음 날 출근을 위해 집으로 빨리빨리 돌아가는, 어른의 흉내를 내는 사람이 되어가고 있다. 어쩌면 나이가 들면서 그런 환경의 변화들이 우리를 점차 메마르고 무미건조하고 재미없는 삶을 사는 사람으로 만들어 가는지도 모르겠다. 몇 달에 한 번씩 찾아오던 일명 인생 노잼의 시기는 이제 매일 나의 일상을 점령하고, 오히려 재미있는 순간이 아주 긴 텀을 두고 짧은 순간 찾아오는 삶으로 변했다. 그것도 다 아마 이런 것으로부터 발생된 것들이겠지.

이누야샤 같은 사람

지금 시대에 '영웅'을 떠올려 보라고 하면 아마 꽤 많은 사람들이 마블 영화에 나오는 스파이더맨이나 아이언맨, 캡틴 아메리카 등의 캐릭터를 떠올릴 테다. 물론 나도 마블 덕후라고 불릴 정도로 마블 영화를 정말 좋아하지만, 내 어렸을 적의 영웅들은 영화 속 캐릭터는 아니었다. 오히려 영화보다는 만화나 애니메이션 속에 나오는 캐릭터들이었다. 그것도 서양 쪽보다는 일본 애니메이션에 나오는 캐릭터들.

나는 어렸을 때 컴퓨터보다는 TV를 끼고 살았는데, 그중에서도 '투니버스'라는 채널에 푹 빠져 살았다. 투니버스는 하루

종일 만화나 애니메이션을 방영해 주는 채널이었는데, 유치원 때나 초등학생 때는 물론, 중학생이 되어서도 심심하면 곧잘 투니버스 채널로 돌리곤 했던 것 같다. 그래서 1990년대생들이 알 법한 만화들을 다 섭렵하며 지냈다. 그때 우리 사이에는 유행하는 만화를 보지 않고서 학교에 가면 친구들과 대화가 안 될 지경이었다. 그렇다고 요즘처럼 인터넷으로 영상들을 금세 접할 수 있는 시기가 아니었기에, 방영 시간을 놓치면 재방송하는 시간까지 기다려서야 그 만화를 볼 수 있었다. 나는 부모님이 맞벌이를 하시느라 집에는 늦은 새벽 시간까지 항상 나와 우리 오빠 둘이서만 있었다. 오빠는 주로 컴퓨터로 게임을 하기에 바빠 TV에 관심이 없었으니, 나는 내가 보고 싶은 만화를 충분히 볼 수 있었다.

성인이 되고 나서도 어렸을 적 보았던 만화들이 가끔 떠오르곤 했다. 그러면 인터넷을 모두 뒤져서 그 만화들의 영상을 1편부터 최종 편까지 모두 다운받아 밤이 새도록 보기도 했다. 이렇게 처음부터 끝까지 한 번에 다 볼 수 있었던 것을, 그때는 TV 앞에 앉아 하염없이 방영 시간만을 기다렸다니 어렸을 적의 내가 새삼 귀엽게 느껴지기도 했다. 그러다 문득, 내 머릿속에 하나의 만화가 떠올랐는데 그것은 '이누야샤'라는 만화였다. 당시 이누야샤는 시즌이 여러 개였는데, 내가 아주 어렸을 때부터 중학생이 된 이후에도 완결이 나지 않을 정도로 회차가 많았다. 그래서 꽤 재미있게 보고 있었음에도 일일이 다 챙겨볼 수가 없어 중간에 시청을 포기했었다. 그러다 스무 살이 넘어서야 이누야샤가 다시 생각이 나 이리저리 찾아봤더니, 내가 자라는 동안 어느새 더빙판으로도 끝까지 제작이 되어 완결이 나 있었다.

성인이 되어 다시 보게 된 이누야샤는 감회가 새로웠다. 15세 관람가였기 때문에 어린 내가 보기엔 잔인한 장면이 많았고 이해가 안 되는 부분도 많았는데, 확실히 다 커서 보게 되니 스토리 이해도 잘 되고 코믹적인 요소도 많은 아주 좋은 작품이었다. 그리고 나는 한동안 이누야샤에 푹 빠져서, 그것과 비슷한 내용의 웹툰이나 다른 애니메이션까지 섭렵해서 보게 되었다. 그러다가 문득, 내가 이누야샤에 푹 빠져 살게 된 이유에 대해 생각했다. 보통 이누야샤와 비슷한 내용의 작품들을 보면, 주인공이 센 캐릭터이고 어느 정도 정의감도 있어 악과 싸우는 영웅 느낌으로 묘사되기도 한다. 그러나 지금의 마블 영웅들과는 조금 다르다. 마블 영웅들처럼 불특정 다수의 사람들을 지키기 위해서라기보다는 '사랑하는 사람을 지키기 위한 수단'으로 힘을 써 악과 대치하는 경우가 많다. 예를 들어 마블 영웅들은 세상의 평화를 위해 싸운다면, 이누야샤는 처음엔 자신을 진정한 요괴로 만들어줄 수 있는 '사혼의 구슬'을 갖기 위한 목적으로 자신의 힘을 사용해서 악과 싸우기 시작한다. 그러나 나중에는 그 싸움의 목적이 바뀐다. 사혼의 구슬을 차지하기 위해 싸우는 것이 아니라 사랑하는 사람을 악으로부터 지키기 위해 싸운다. 그게 내가 이누야샤에 빠진 이유였다. 불특정 다수가 아니라 어느 한 사람을 지키기 위해 싸운다는 것이 내게 아주 매력적으로 다가왔던 것이다.

극 중에서는 또 다른 주인공인 가영이가 위험에 처할 때마다 이누야샤는 모든 것을 다 제쳐놓고 달려온다. 그리고 그와 비슷한 작품들 또한 사랑하는 사람이 위험에 처하면 언제 어디서든 알아차리고 바로 달려온다. 이런 스토리에서 재미를 느끼게 된 것 같다. 그리고 나 또한 저렇게 누군가에게 지킴을 받거나, 딱히 위험에 처하지 않더라도 나를 항상 생각해서 옆에 있어주는 그런 누군가를 바라게 되었는지도 모른다.

이건 단지 사랑 얘기에만 해당되는 건 아닌 것 같다. 우리는 자주 위험에 처한다. 물리적인 사고에 의한 위험일 수도 있지만, 심리적인 위험과 매일 더 많은 사투를 벌인다. 우울증과 무기력, 불안함 등 사고처럼 강한 타격을 주는 정신적이고 심리적인 위험 요소들과는 매일 싸우며 살아간다. 이누야샤를 완결까지 다 본 후 몇 년 뒤, 나에게도 우울이 심하게 찾아온 적이 있다. 그때 어두운 방 안에서 그런 생각을 했다. 깊은 구덩이에 빠져 있는 듯한 우울에서 건져내 줄 이누야샤 같은 사람이 나타나 줬으면 좋겠다고. 휙 하고 날아와서는 여기서 뭐 하고 있느냐며 내 손목을 잡아챈 뒤 폴짝 폴짝 뛰어 이 우울에서 점점 멀어져가기를 하고. 불특정 다수의 사람을 신경 쓰느라 내게 올 차례는 없을 것만 같은 마블의 영웅들이 아니라, 나만을 바라보고 내가 힘들 때마다 언제든지 달려와 줄 그런 이누야샤 같은 나만의 영웅이 와 주기를, 하고 바랐다. 아주 비현실적이고 이기적인 생각이었지만 그만큼 내겐 누군가의 도움이 절실했다. 어쩌면 우리가 자주 맞닥뜨리는 외로움은 그런 것이 아닐까. 나만 바라봐 주고 내가 어디에 있든 달려와 줄 누군가가 있었으면 좋겠다고 바라지만, 현실은 모두 자신의 삶을 살아가느라 바쁘다는 것을 안다. 그래서 만화 속 이야기처럼 나만 바라봐 주는 영웅은 주변에 존재할 수 없다는 것도 알고 있다. 그 당연한 것에 자주 쓰리고, 그 쓰림은 외로움으로 돌고 돌아 다시 나에게로 돌아오는지도 모르겠다.

앞만 보고 걸어가다 보면 내가 얼마나 걸어왔고, 얼마나 많은 시간이 흐른 건지 잘 느끼지 못한다. 그렇기 때문에 그저 짜증이 나고 힘이 든다. 그럴 땐 잠시 멈춰 뒤를 돌아보고, 내가 얼마나 걸어왔는지 느껴 보는 것이 중요하다. 어느새 많이 달라진 주위 풍경을 볼 수 있고, 그로 인해 걷는 내내 힘이 들었어도 지금까지 걸어온 것에 대한 성과를 느낄 수 있어 뿌듯할 테니까. 비록 아직 완주를 하지는 못했어도 너무 힘들 때엔 스스로 해 온 일들을 되새겨 보는 것이 좋다. 계속 쉬지 않고 달리기만 하면 나에 대한 믿음이 약해지고 아무것도 해낼 수 없을 것만 같다. 그러니 지금까지 내가 해낸 아주 작은 흔적이라도 꺼내어 보길. 그 흔적들을 보며 지금껏 열심히 걸어왔음을 기억해 주길.

3부

예민한 사람도 행복할 수 있다

오늘도 정말 잘했다

　살다 보면 미친 듯이 도망치고 싶을 때가 온다. 그리고 정말 도망쳐야 하는 순간이 있다. 그것은 직감으로 알 수 있다. 내가 버틸 수 없는, 나의 힘으로는 어찌할 수 없는 일이란 것을. 이 순간을 견뎌야 더 나쁜 상황으로 치닫지 않는 거라면 어쩔 수 없이 견뎌야겠지만 이 순간을 억지로 견딤으로 나 자신이 파괴되는 것이 보인다면 주저 말고 그 순간을 놓아 버려야 한다.

　주변에서 가끔 그런 사람을 본다. 회사에서 정당하지 않은 폭언과 인신공격을 당하고, 스스로를 지탱할 수조차 없을 정도로 우울증이 와 버려서 회사에 가는 것 자체가 두려운 사람을.

물론 회사에 가기 싫은 마음은 누구나 있을 수 있다. 누구든지 매일 똑같은 일상이 반복되면 지치기 마련이다. 그러나 그런 것을 넘어서 회사에 가는 것이 못 견디게 두려워진다면 말이 달라진다. 그 두려움은 회사의 '회'자만 들어도 바로 눈물이 쏟아지게 만들고, 회사 밖에서조차 내 감정과 일상을 온전히 지켜내지 못하게 한다. 또한 그것이 반복되어 우울이 심해지면 인생의 끝을 스스로 생각하게 되기도 한다. 그때가 바로, 앞에서 말했던 '놓아 버려야 할 순간'이다. 나 또한 인생에서 가장 밑바닥을 찍었을 때가 그러했다. 나는 그럴 땐 주저하지 말고 그곳에서 도망치고 탈출해야 한다고 생각한다. 세상 어떤 일도, 세상 어떤 책임감도 나를 파괴하면서까지 존재해선 안 된다. 그 책임감이 나를 우울의 구렁텅이로 밀어 넣고, 내가 내 삶을 스스로 내던지는 상상을 매일 하게 만든다면 그때는 과감히 그곳에서 도망쳐야 한다. 나를 지키기 위해서라도.

그렇지만 나를 더 좋은 순간으로 인도하는 순간도 많다. 결국엔 내가 버텨내야만 하는 시간들, 나 외에 누구도 대신 버텨주지 않는 순간들, 이 순간이 너무 힘들지만 버텨낸다면 분명히 더 앞으로 나아갈 순간들이 그렇다. 내가 너무 하고 싶었던 일인데 생각보다 어려운 난관을 만났다든가, 이루고 싶은 미래가 내게서 너무 멀고 아득하게만 느껴져서 불안하기만 할 때. 그래서 모든 것을 다 내팽개치고 나는 모르겠다며 그냥 그 자리에서 손을 털고 도망가고 싶을 때. 그럴 땐 그냥 '나는 아무 것도 모른다'는 마음과 표정으로 편히 누워만 있고 싶다. 하지만 이내 책임감이 도망가고 싶은 내 마음을 부여잡는다. 어딜 가냐고, 네가 이대로 손을 털고 집으로 돌아가 버리면 그 집에서 넌 정말로 편히 쉴 수 있을 것 같냐고, 지금 이 상황에서 벗어나도 언젠간 또 해야만 하는 일이라고. 그렇게 내 발목을 붙잡는다. 그때엔 마음은 미친 듯이 도망치고 싶지만 머리로는 알고 있다. 난 그럼에도, 죽어도 이것을 놓지 못할 거라는 걸. 여기까지 와서 놓을 수도 없는 노릇이고, 이제 와서 다 포기하고 도망가는 게 나를 지키는 것이 아니라 오히려 그것이 나를 파괴할 것을 알고 있기에. 지금 이것을 버티지 못하고 내던져도 결국 언젠가는 또 버텨야 하는 나의 일이란 것을 알고 있기에. 그렇게 자리를 지키고, 억지로 허벅지를 꼬집으며 그 마음을 내려놓게 된다.

　미래라는 것은 이렇게 매일이 아득하다. 일말의 힌트도 주지 않은 채, 시간은 앞으로 가기만 하는데도 왜 도통 가까워질 생각은 없는 건지. 매일 하루를 책임감으로 둘러싸인 채 내가 내 앞가림이라도 하기 위해 버텨내지만 내가 원하는 미래는 보이

지도 않는다. 그러나, 그럼에도 어쩌겠나. 결국 오늘도 그 책임
감과 미래에 대한 불안함이 나를 버티게 하고, 도달하지 못할
것 같은 목적지에 언젠가는 도달하게 만들어 주겠지. 바다에
올랐으면 거센 바람을 맞아야 앞으로 나아가듯이, 내 속에 부
는 바람을 잘 이용하고 그것에 몸과 마음을 맡기면, 언젠간 나
와 당신이 원하는 미래에 갈 수 있게 해줄 것이다.

　　당신도 나도, 오늘도 정말 잘했다.

뒤를 돌아보면 인생에서 괜히 한 경험은 하나도 없었다. 그 경험들이 존재했기에 지금의 나라는 사람이 있다. 모든 일을 겪으며 나는 변해 갔고, 그것들은 인생을 살아가는 데 꼭 필요했다. 그래서 나는 지금의 내가 싫지 않다.

예민한 사람

"말 한마디, 단어 하나하나, 말투 속 목소리까지 속속들이 의미 부여하면서 상처 좀 받지 마. 넌 애가 왜 그렇게 예민해. 그렇게 예민해서 이렇게 험한 세상 어떻게 살아갈래? 무슨 말만 하면 상처를 받아."

주변 사람과 내 꿈에 대해 이야기하다 다투게 되었고, 그때 들었던 말이다. 저 말에 다시 발끈한 나는 곧바로 쏘아붙였다.

"이렇게 예민해서 글 쓴다, 왜. 너처럼 둔하디 둔한 사람이 이런 세상을 어떻게 알겠어."

나는 스스로 글을 잘 쓴다고 생각하지도 않고, 가끔 과분한 칭찬을 받을 때면 여전히 머쓱해진다. 그러면서도 내 입으로 나를 글 쓰는 사람이라 칭하며 쏘아붙인 것은, 아마 내 노력을 늘 알아주지 않던 그 사람에게 인정받고 싶은 마음 때문이었을 것이다.

　학창시절, 가수의 꿈을 키울 때도 그랬다. 내 노래 실력을 스스로 의심하고 있으면서도, 내 꿈을 이해하지 않던 그 사람에게 '다른 사람들은 내게 노래 잘한다고 하는데, 너도 잘했다고 좀 해주면 안 되냐'고 했었다. 그때와 마찬가지로 글을 쓰는 지금은 '내가 이만큼 열심히 하고 있고 조금씩 성과를 보이고 있으니 이젠 인정 좀 해달라'는 마음에 그런 것 같다.

　앞에서 말한 그 사람뿐 아니라, 내 꿈과 노력을 인정하지 않는 사람과 대화를 하다 보면 상처를 받게 된다. 그래서 그런 사람들에게 "네가 그렇게 말하면 나는 상처를 받아."라고 용기 내어 말해 보기도 했지만, 그런 사람들은 하나같이 "나는 상처주려고 한 말이 아닌데 네가 예민해서 그래."라며 상처의 이유까지 내게 떠넘기곤 했다. 물론 그렇게 말하는 그 사람들이 잘못되었고, 상처의 이유가 나 자신에게 있지 않다는 것을 안다. 내가 상처를 받은 이유는 그 사람들의 배려 없는 말 때문이다. 하지만, 내가 예민한 사람인 것은 맞다. 그 예민함으로 쓸데없는 잡생각이 많고, 별것 아닌 일에도 쉽게 우울에 빠져 허덕거리며 자주 용기를 잃고 좌절하곤 한다. 상처도 잘 받고, 그걸 쉽게 잊어버리지도 못한다. 누가 예민한 사람의 특징은 경이로운 기억력이라고 했는데 너무 내 얘기 같아 끄덕이곤 했다. 그래서 충고와 조언들까지 날이 선 말이라 치부하고 두고두고 속에 쌓아 두기도 하며 가끔 또 괜히 꺼내어 보다 다시 마음을 베이곤 한다.

하지만 그렇기 때문에 글을 쓸 수 있다고 생각한다. 나는 예민한 성격 때문에 상대의 표정과 말투를 상황에 맞춰 읽어 내는 걸 잘하는 편인데, 그것은 글 쓰는 데에 정말 좋은 재료가 되곤 한다. 이 사람이 내게 하는 말이 정말 호의인지 아님 돌려서 비난을 하는 건지, 그것도 아님 속에 무언가 꿍꿍이를 숨긴 가짜 호의인지 곧잘 알아차리는 편이고, 그 순간 만들어진 촉은 대개 70퍼센트의 비율로 적중하곤 한다.

지인 중에서 느낌이 안 좋은 사람과 연락을 주고받는 것을 보며 내가 "그 사람은 좀 아닌 것 같아."라는 말을 하는 경우가 있는데 그들은 처음엔 내 말을 신경도 쓰지 않는다. 그러다 얼마 지나지 않아 우는 소리로 전화해서 하소연을 늘어놓는 사람도 많고, "너는 내가 무슨 생각을 하는지 잘 맞혀서 돗자리를 깔아도 될 정도야."라는 말도 종종 듣는다. 다른 사람 말은 못 미더워도 내가 하는 말은 이상하게 믿음이 간다는 말을 듣는 것도 내가 그만큼 예민하기 때문일 것이다.

또한 예민하기 때문에 사소한 일들도 모두 기억하게 되는데, 그것 또한 글 쓰는 데에 아주 많은 도움이 된다. 스무 살이 조금 넘었을 때 아주 절절히 짝사랑을 했었다. 그런데 몇 년이 지난 지금도 그를 처음 마주했던 날에 그가 내게 한 말과 지은 표정, 만났던 장소, 그날의 분위기, 습도, 날씨까지 슬로우 모션으로 재생해 둔 것처럼 기억이 난다. 그렇기에 짝사랑에 대한 글을 쓸 때, 여전히 그날로 돌아가 내가 느낀 감정마저 곱씹으며 금세 끄적일 수 있다. 물론 그렇기에 그와의 마지막도, 그 처참한 새벽도 여전히 생생해 꺼내어 볼 때마다 다시 상처를 받기도 하지만.

어릴 적엔 이 예민함이 너무 싫기만 했는데 이젠 버릴 수 없는 내 선천적인 성향이 오히려 득이 된다는 것도 알게 되었다. 어쩌면 이런 예민함으로 인해 받은 상처가 내 미래 글들의 무한한 자원이 되어 줄 것을 믿고 있기에, 주변 사람에게 인정을 받지 못하고 예민하기만 한 사람으로 치부되어도 이제는 그저 속으로 생각한다. 오히려 나는 이 예민함으로 험한 세상 버티고 있는 거라고.

나는 팥을 먹지 못한다

나는 팥을 유난히 못 먹는다. 딱히 알레르기가 있는 것은 아니지만 입에 남는 그 텁텁한 느낌들과 특유의 콩 냄새 같은 향이 꼭 비린내처럼 느껴져서 팥으로 만든 모든 음식은 좀처럼 넘길 수가 없다. 그것은 팥죽이나 팥 칼국수 같은 전통적인 음식부터 시작해 팥빙수나 찐빵, 호빵, 단팥빵, 심지어는 붕어빵까지 사람들에게 친숙한 간식 류에서도 마찬가지이다. 달고 달지 않고는 별로 중요한 게 아니다. 그저 팥이 들어간 음식은 모두 먹기가 힘들다. 그리고 또 그것은 팥과 비슷한 녹두에도 해당이 되더라. 카페에 가면 흔히 볼 수 있는 민트, 녹차, 홍차, 밀크티, 시나몬 등 향이 강해 호불호가 갈리는 음료도 딱히 선호하지 않는다.

먹을 것에는 대체로 이런 취향을 가지고 있고, 사람에 대해선 누군가에게 한번 꽂히면 그 사람에게 빠지는 시간이 아주 빠른 편이다. 소위 사람들이 말하는 '금사빠'라고 할 수 있다. 하지만 그렇다고 그 상대를 얕게 좋아하거나 금세 좋아하는 마음이 식어 버리진 않는다. 아주 오랜 기간 상대를 바라보며 어떤 것이 나와 비슷하고 어떤 것이 다른지 하나하나 알아가는 것에 재미를 느끼고, 그러다 나와 아주 비슷한 사람임을 알게 되면 장기간 좋아하는 마음을 품고 살아간다. 또, 한번 싫은 것이 좋아지려면 아주 많은 시간이 걸리거나, 오랜 시간이 걸려도 꼭 좋아진다는 보장은 없다. 그래서 사람을 포함한 모든 것에 대한 좋고 싫음이 분명하고 취향이 뚜렷한 편이며, 그 취향이 한번 생기면 쉽게 깨어지지 않는다.

이렇게 나에 대한 것이 확고하기에 흔히 말하는 '결정 장애'라는 게 없는 편이다. 좋아하고 싫어하는 게 확실하다 보니 내가 좋아하는 것만 바로바로 찾아내기 때문이다. 또 그렇다 보니 귀가 얇은 편은 아니라서 내 의견과 다른 의견을 들었을 때 그것에 설득되는 경우가 적다. 다른 의견을 들었으면 그저 저 사람은 나와는 다른 생각을 갖고 있는 사람이라고만 생각한다. 그렇다고 상대가 내 의견을 깎아내리지도 않았는데 먼저 무시해 버리거나 이해가 되지 않는다며 무례하게 멀리하지는 않는다. 그저 내가 이렇듯 저 사람은 저렇구나 하며 넘기는 편. 물론 상대가 이해가 안 될 정도로 내 의견을 묵살하려 들거나 상식적으로 이치에 맞지 않고 배려 없는 말을 하면 곧바로 관계를 정리해 버리겠지만. 그래서 상대의 마음을 배려하지 않는 직설적인 대화를 아주 싫어하고, 쿨함을 내세워 무례한 것을 행하는, 사람에게 상처 주는 것을 아무렇지 않게 생각하고 상식이 통하지 않는 사람에겐 단 1초의 시간도 아까워 망설임 없이 거리를 두거나 연을 끊는 편이다. 이 밖에도 나에겐 나를 이루는 많은 성향과 요소들이 있다.

나는 사람들이 자기 자신에 대해 '내가 어떤 사람인지' 다양하게 정의를 내려 보라 권하고 싶다. 그것은 아주 중요한 일이다. 나에 대해 생각하다 보면 나도 모르는 과거의 내 경험에서 정립되고 생성된 취향이나 고집이 현재의 나를 이루고 있는 경우가 많기 때문이다. 무언가를 좋아하거나 싫어한다면 그렇게 된 배경이 과거의 나에 분명히 있다는 것이다.

나의 예를 들자면, 나는 피자를 굉장히 좋아한다. 일명 치느님이라 불리며 야식계에서 불멸의 1위를 지키고 있는 치킨보다도 피자를 더 좋아할 정도이다. 그런데 고구마 피자나 과일이

토핑으로 올라간 하와이안 피자는 별로 좋아하지 않는다. 그 이유는 내가 초등학교 저학년 시절, 한 친구의 생일 파티에 초대된 날의 기억에서 찾을 수 있다. 나는 그곳에서 난생 처음으로 고구마가 올라간 아주 비싼 가격의 피자를 맛보게 되었다, 무려 이름도 '리치 골드' 피자였다. 그러나 기대했던 맛과는 달리 피자의 짠맛과 고구마의 단맛이 너무 부조화스럽다고 느껴졌다. 한 입 베어 물고는 그것을 목으로 넘기기가 힘들 정도로 곤혹스러웠다. 요새는 '단짠단짠'이란 말이 유행할 정도로 단맛과 짠맛을 함께 즐기는 경우가 많은데 나는 그 어릴 적부터 지금까지 단맛과 짠맛이 섞인 것을 별로 즐기지 못한다. 딱히 고구마를 싫어하는 것은 또 아니다. 하지만 분명 짠맛이 나는 피자인데, 그 위에 올라간 고구마 무스에선 단맛이 나니 그것의 괴리감을 참을 수가 없었던 것이다. 그 이후로 나는 고구마 피자는 웬만하면 피하게 되었고, 그것과 비슷하게 단맛을 내는 과일들이 토핑으로 올라가는 피자 종류는 멀리하게 되었다. 그때의 경험으로 나는 내가 짠 음식에 단맛을 내는 재료를 혼합한 음식을 싫어한다는 사실을 알게 되었다. 하나 더 하자면 무스나 페이스트 형식으로 감자나 고구마를 으깨어 놓은 종류도 싫어한다는 사실까지. 이렇듯 현재의 나를 이루고 있는 어떤 취향과 고집들은 그렇게 되기까지의 계기와 경험이 있게 마련이다.

이것은 단순히 음식에 대한 취향뿐 아니라, 삶의 많은 부분에 영향을 끼친다. 내가 어떤 것을 왜 좋아하고 싫어하는지, 언제부터 그렇게 되었는지, 과거의 내 경험을 타고 올라가다 보면 그 이유가 나오는 경우가 많다. 그런 과거를 돌아보며 내가 어떤 사람인지 정립해 두는 것도 필요하지 않을까 싶다. 그 기억을 다시 떠올리면 내 정신을 피폐하게 만들 끔찍한 기억들이 아니라는 전제하에 말이다. 그래야 어떤 일을 겪으면 그 속에서 내가 무엇을 피하고, 기억해야 할지 터득해 간다. 그런 경험들은 인간 관계를 맺거나 연애 상대를 고르는 것에도 많은 영향을 끼친다.

나는 고등학교에 올라간 이후 친구와 딱히 다투거나 싸운 적이 별로 없는데 초등학생 때나 중학생 때는 꽤 자주 트러블이 있었다. 그것도 가장 친했던 친구들과. 주로 말투나 소통이 문제가 되었는데, 정말 이상하게도 나와 가장 가깝게 지내던 친구들은 말투가 직설적인 경우가 많았다. 그와 대조되게 나는 학생 때 자존감이 많이 낮았기에 남들이 보기엔 조금 답답할 정도로 내 의견을 잘 표현할 줄 모르는 사람이었다. 그래서 친구들이 아무렇지도 않게 던지는 말들이 나에겐 상처로 콕콕 박혔다. 그리고 내가 그들 마음에 들지 않으면 나를 내치고 다른 친구들과 더 친하게 지내려고 하면서 나와의 관계에 있어서는 주도권을 잡은 채 쥐고 흔들었다. 그게 너무 무서웠던 나는 그 속에서 딱히 잘못을 하지 않았어도 미안하다고 사과하곤 했다. 그야말로 나는 잘못도 하지 않았는데 혼자 상처는 있는 대로 다 받고, 또 사과도 일방적으로 나의 몫인 철저한 갑과 을의 관계였던 것이다. 그런 친구들에게 하도 데어 고등학생 때부터는 자연스럽게 그런 성향의 친구들을 좀 멀리하게 되기도 했고, 성인이 되어 사회에 나오고 나서는 애초에 그런 성향을 보이는 사람들을 주변에 두지 않았다. 그래서 학생 때는 친구 관계가 세상에서 제일 힘들다고 여기며 속을 많이 끓였는데, 성인이 된 이후에는 날개를 단 것처럼 주변에 좋은 사람이 많아졌다.

내가 나라는 사람에 대한 정의를 내리다 보면, 내가 왜 이런 사람이 되었는지를 알게 된다. 또한 '나는 왜 이럴까?' 하는 자기 비하적인 생각들도 많이 줄어든다. 과거로 돌아가서 생각해 보면 내가 이런 사람이 된 이유가 나오고, 그게 딱히 내 탓만은 아니라는 것을 알게 되며 어느 순간부터는 '그래, 나는 이런 사람이야.' 하며 나 자신을 받아들이게 된다는 것이다. 그러면 나에 대한 믿음과 신뢰, 나를 이끌어 갈 폭이 정해진다. 이것은 음식 취향부터 인간관계나 사랑에 이르기까지 전부 적용되기도 한다.

과거를 세세히 되짚다 보면, 결국 내게 차츰 쌓여온 것들로 인해 현재 정립되어 있는 어떤 것들이 보인다. 지금의 당신은 어렸을 때부터 경험해 온 모든 것의 결정체라고 할 수 있다. 그런 것들을 하나둘씩 알아 놓으면 나에 대해 좀 더 자신감이 생기고, 어떤 결정을 할 때 이리 치이고 저리 치이는 일 없이 주체적으로 살아갈 수 있고 나만의 가치관이 생기는 것 같다. 물론, 이 모든 취향과 고집들도 살다 보면 또다시 바뀐다. 언젠간 또 변할 수도 있다. 그러면 또 그로 인해서도 알게 된다. 황소고집 같던 나의 어떤 점을 변화시킬 무언가도 이 세상에 존재한다는 사실을. 그렇게 뒤돌아보면 미래의 나도 현재의 나를 보며 걸어온 발자국들을 세어볼 테다. 당신이 그만큼 성장했다는 것과 잘해 왔다는 것도 알게 될 테고.

이따금씩은 그래 주세요

부디, 이따금씩은 당신을 위해 그래 주세요.

저는 당신이 어디에 살고 계신지는 모르지만 만약 시간적 여유가 있다면 지금 살고 있는 곳이 아닌, 경관이 아름답기로 유명한 곳으로 한 번쯤 떠나 보세요.

서울의 한강, 부산의 광안리 앞바다, 속초의 푸른 바다, 경주의 유적지, 제주의 성산일출봉 같은 아름다운 곳에 혼자 조용히 다녀오세요. 그 근처 카페에서 커피 한 잔을 사들고 그곳의 경관이 한눈에 들어오는 곳에 자리 잡고 가만히 바라보세요. 노을이 지고 있는 저녁 시간이라면 더욱 좋겠습니다. 가만히 바라보며 풍경을 눈에 담고 마음을 가라앉히고 그날 하루만큼은 일상의 압박과 스트레스를 내려놓은 채 당신만을 위해 시간을 보내 주세요. 삶에 치이고 고되었던 마음들이 스르르 풀어지도록, 볼을 스치고 머리를 흩뜨리는 바람에 몸을 맡기고 눈을 감아도 보고 그 순간의 내음에 집중하며 차분히 있어 주세요. 이따금씩은 당신을 위해 그래 주세요.

저는 당신이 어떤 음악을 좋아하는지 어떤 가수를 좋아하는지 어떤 형태의 공연을 좋아하는지 모르지만, 시간과 체력에 여유가 있다면 좋아하는 공연을 보러 가 보세요. 소극장의 연극이든 코미디 공연이든, 웅장한 뮤지컬이나 클래식 연주회든, 유명 가수의 콘서트든 당신이 좋아하는 공연을 골라 다녀오세요. 그 시간 속에서 웃고 울고 즐기며 뛰어 보며 당신이 살아있음을 느껴 주세요. 무대 위에서 누군가의 꿈이 반짝이는 순간을 보며 함께 자극을 받고 당신 또한 그렇게 빛나고 있다는 사실을 깨닫고 마음에 새기며 돌아오세요. 누군가의 혼신이 담긴 연기에 감탄해 보고 대사 한 줄에 눈물도 흘려 보고 쿵쿵거리는 음악 소리에 전율해 보고 누군가의 목소리에 취해 눈을 감아 보세요. 이따금씩은 당신을 위해 그래 주세요.

저는 당신이 어떤 음식, 어떤 디저트, 어떤 음료를 좋아하는지 잘은 모르지만, 시간적 여유가 있다면 당신이 좋아하는 무언가를 먹고 마시는 하루를 만들어 주세요. 그날만큼은 살이 찐다는 걱정도 잠시 내려두고 가보고 싶던 예쁘고 감성적인 카페들을 투어하거나 맛집 리스트 따라 투어하거나, 추억이 서려 있는 음식을 찾아 먹으러 가는 등 당신이 가장 편안히 먹고 즐길 수 있는 날을 만들어 주세요. 이따금씩은 당신을 위해 그래 주세요.

이마저 어렵다면 2주에 하루 정도는 주말이나 퇴근 이후를 활용해 보세요. 보고 싶은 영화를 보며 웃고 울거나 만들어 보고 싶었던 요리를 만들어 보세요. 사람들과의 소통을 잠시 멈춘 채 편안히 누워서 당신이 좋아하는 노래를 듣거나 산책을 하거나 당신이 좋아하는 것에 집중하는 시간을 당신을 위해 만들어 주세요. 마치 사랑하는 사람이 하자고 하는 건 뭐든 해주고 싶은 것처럼, 당신이 좋아하는 것을 무엇이든 마음껏 해 주세요. 그 시간 동안 많이 생각하고 자신을 바라봐주고 무거운 마음을 녹여 주고 가벼워 휘청거리던 마음은 지긋이 눌러 중심을 잡도록 도와주세요. 자신의 모든 감정을 솔직히 대해 주세요. 이따금씩은 당신만을 위해 그래 주세요. 그래도 돼요.

부디 푹 잠들기를

    오늘 참 힘들었다, 그치. 요즘은 날씨마저 참 안 도와주는 것 같아. 장마철이라 매일 비가 내리고 천둥이 치잖아. 그 날씨처럼 얄궂게 찾아온 네 마음 속 풍랑은 순탄하던 네 발걸음을 막아 멈추어 버렸지. 갑자기 찾아온 힘든 일에 마음이 불편할 너의 뒷모습을 자꾸만 상상하게 되어서, 나도 하루 종일 어수선했어. 유난히 참 순수하고 연약한 너임을 알아서, 오늘 이 시간이 네게 얼마나 차갑고 날카롭게 날이 서 있을지 조금은 알 것 같아. 하지만, 나는 그럼에도 너의 아픈 새벽이 네게 뾰족한 시간이 되지 않았음 해. 그래서 네가 푹 잠들 수 있었으면 좋겠다.

    너의 힘으론 어찌 할 수 없는 일이었잖아. 그러니 괜히 너의 앞에 놓인 그 문제들을 네가 풀지 못했다며 자책하지는 마. 이 세상은 어떤 날엔 따스하고 모든 속내를 다 보여 줄 것 같이 자상하게 굴지만, 또 어떤 날에는 괜히 시비를 걸어오기도 하고, 나를 냅다 벼랑 끝으로 몰아세우곤 하잖아. 오늘도 괜히 잠시 심술을 부린 날인 거야. 그러니 난 너의 마음이 너무 파랗지 않았음 좋겠고, 그 깊이가 그리 깊지도 않았으면 좋겠다.

너는 모를 거야. 매번 울기만 했던 나의 아픈 시간들이 너를 알게 된 이후부터 조금씩 평온한 시간으로 변해갔다는 걸. 그래서 어느새 나에겐 너의 평안이 참 중요해졌어. 네가 힘겨워하는 걸 보면 나도 괴롭거든. 그래서 내가 너에게 받은 평온함만큼 좋은 말과 예쁜 마음들로 돌려주고 싶고, 나의 위로로 너의 고된 순간들이 조금은 평안해졌으면 좋겠다.

너는 참 예쁘고 좋은 사람이야. 그런 너를 보며 나도 매 순간 좋은 사람이고 싶다는 다짐을 하게 되었어. 그러니 너는 마음 편하길 바라. 네게 도착할 나쁜 일들은 내가 다 막아 줄 테니까. 부디, 푹 잠에 들기를. 그 새파란 밤하늘 속에서 나와 함께 흐르는 별자리를 감상하며, 아픈 시간은 보내지 않기를.

출구 없음

있잖아, 나 오늘 꽤 힘들었어. 괜히 아침부터 몸은 축축 늘어지고 무거운데 바쁘긴 또 얼마나 바쁘던지, 점심 먹을 타이밍마저 놓쳤다니까. 사람들은 전부 내게 무언가를 바라기만 하고, 억지로 그 비위를 맞추며 살가운 척하느라 참 어려웠어. 내 진심 어린 마음은 오직 너에게로만 향할 뿐인데 말이지.

밤 11시가 한참 넘어서야 파김치가 된 채로 집에 돌아와 샤워를 했어. 그리고 잠시 글을 쓰기 전 눈을 감고 바닥에 몸을 눕혔는데, 역시나 날 마중 나온 것은 너에 대한 생각이었어. 눈꺼풀을 내리고 저 멀리서 내게로 걸어오며 환히 웃는 널 떠올렸어. 그저 네 미소를 잠시 멋대로 상상한 것뿐인데 내 힘들었던 온 하루가 녹아내렸어. 잠을 설칠 정도로 울컥거리며 치밀어 오르던 나쁜 기억들도 모두 꼬리를 물고 사라졌어.

맨들맨들한 너의 말투와 마음결이 참 좋아서, 이리 좋은 사람을 내가 알게 된 것에 감사해서, 매일 너에게로 빠져든다. 너의 순수한 마음이 세상에 휩쓸리는 나를 붙잡아 준다. 좋은 사람으로 남아 달라고, 그렇게 말을 건네는 것만 같다. 그럼 나는 그 말에 망설임 없이 고개를 끄덕이고 네 옆에 착 달라붙어 살갑게 웃어 보인다. 널 놓을 방법이나 너에게서 벗어나는 출구의 방향을 난 도무지 모르겠다. 그래서 이젠 '이게 혹시 운명이라는 건가?' 하고 내 멋대로 상상한다. 너와 내가 만나게 될 날이 얼마나 남았는지 그 남은 시간을 몰래 재 본다.

약간의 용기와 필연을 맺어야 한다

호감을 갖고 연락은 하고 있었지만 상대의 진심을 잘 모를 것만 같을 때, '너는 날 어떻게 생각해?'라는 말을 몇 시간 고민하다가 결국 전송 버튼을 누른 적이 있다. 보내기 전부터 심장은 미친 듯이 요동치고, 그 한 마디를 보낼 용기가 없어 채팅방을 들락날락거리며 혼자 난리를 쳤다. 이런 얘기를 먼저 하는 사람은 매력이 없다고 느낄까, 별의 별 생각까지 다 해가면서 무서워지는 바람에 그 질문 한마디 보내는 데 반나절이나 허비해 버렸다. 그런데 그리 시간을 끈 것이 무색하게도 '에라 모르겠다'며 전송 버튼을 누르기까지는 단 1초도 걸리지 않았다. 또, 그 메시지를 확인한 상대에게 답장이 아니라 생각지도 못한 전화가 걸려오는 데까지도 고작 3분밖에 걸리지 않았다. 그 순간의 용기로 인해 "난 좋아하는 마음이 없는 상대와는 연락하지 않아. 네가 혹시 부담스러워할까 봐 천천히 다가가려고 했어."라는 이불을 뻥뻥 차 댈 정도로 기분 좋은 대답을 듣게 되었다.

끝난 사랑을 혼자 괜히 들춰 보며 힘들어하는 순간이 있었다. 누군가는 일방적으로 관계의 끝을 맺었으나 나는 여전히 놓지 못해 울던 나날들이. 그때의 나는 상대가 내게 했던 어떤 말들 중에 혹시 재회의 힌트가 있을까 혼자 합리화를 해대다 밤을 꼴딱 새우는 게 일상이었다. 그렇게 며칠을 폐인처럼 지내다가 결국 '상대의 마지막 마음을 직접 확인해야만 그만둘 수 있겠다'는 생각을 했다. 그리고 또 몇 시간을 혼자 그 사람의 프로필을 들락거리다 평소 그 사람이 잠들던 시간 직전, 쫓기듯 '잘 지내?'라는 질문 하나를 후다닥 보냈더라. 역시나 그렇게 괴로워하던 며칠, 몇 주가 무색하게 그 멋대가리 없는 질문을 보내는 데 드는 시간은 아주 짧은 찰나에 불과했다. 그리고 그 채팅방에 '1' 표시가 사라지고 시간이 지났지만, 결국 답장은 오지 않았다. 그것으로 그 사람의 마음에 이제 나란 존재가 없다는 것을 확인하니 그토록 접기 힘들던 마음도 금방 접을 수 있게 되었다.

그런 일들을 겪으면서 배운 게 참 많다. 결국 용기를 내야 무언가가 일어난다는 것. 오디션 출신 가수들이 오디션에 참가하겠다는 용기를 냈기 때문에 결국 변화를 이끌어 낸 것처럼. 나 혼자 끙끙 앓고 눈물로 밤을 꼬박 새워도 알아주는 이는 없다. 상대는 내가 이런 마음이라는 것을 말하지 않으면 절대 모른다. 내가 상대의 마음을 몰라 마음을 애태우는 것처럼. 그리고 그렇게 모른 척 기다리면 아무런 변화도 일어나지 않는다. 말하지 않았는데 상대가 먼저 내게 무언가를 해주길 바라는 것은 복권 한 장 구매하지 않고 복권 당첨을 꿈꾸는 것과 다를 것이 없다.

찰나의 용기는 정말로 필요하다. 물론 그렇게 용기를 낸 이후에 일어날 일이 무조건 멋진 일이라고 장담할 수는 없다. 그러나 당신이 끙끙 앓고 있는, 그 지옥 같은 감정 낭비 시간에서 벗어나려면 아파도 진실을 마주하는 용기가 있어야 한다. 변화가 일어나려면 용기를 내야 한다. 다시 말해서, 아무런 용기도 내지 않으면 그 누구도 당신의 마음을 알아주지 않는다. 어릴 땐 이게 참 받아들이기도 힘들고, 용기 내는 것은 더더욱 힘들었는데 이제는 안다. 내가 누군가를, 또 무언가를 좋아하고 원하고 바라는 것은 아주 당연한 일이라서 그것을 들키는 것에 너무 겁먹지 않아도 된다고. 그것은 밝혀져야 어떠한 변화가 시작되는 것이고, 만약 그 변화가 내가 꿈꾸던 것이 아니더라도 나의 인연이 아니었음을 받아들이는 잠깐의 아픔 이후에 또 다른 멋진 인연이 들어올 거라고. 내가 그것을 이루게 되든, 놓게 되든 시작점이 있어야 변화가 이루어진다고.

너의 새벽의 힘을 믿어야 한다

나의 마음을 너에게 강요할 생각은 없다. 나는 조금씩 네게 잘해줄 테고, 너에게 좋은 사람이 되고자 노력할 것이다. 그리고 그 마음이 조금 깊어진 것 같을 때, 그저 슬며시 웃으며 네가 좋다고 얘기할 것이다. 그래서 자주 보고 싶어진다고, 그렇게. 그럼 이제 내가 너에게 할 수 있는 모든 것을 다한 것이다.

이제부터는 너의 새벽을 믿어야 한다. 내가 너에게 한 그 말이 네 마음속으로 타고 흘러 들어가 네 생각이 나의 생각으로 물들어 가기를 기다려야 한다. 슬며시 지었던 그 미소가 자꾸만 너의 생각 끝에 걸려 네 맥박 소리를 조금씩 빨라지게 할 때까지 잠시 멈추어 기다려 본다. 그러면 그때부터는 너에게 흘러 들어간 나의 말들과 그 미소들이 어느새 날 사랑하게 만들 테니까. 네가 내 마음속에 그렇게 흘러들어왔듯이. 나도 어느 순간부터 너를 생각하는 것만으로 더 좋아하게 된 것처럼, 너도 내가 자꾸 떠올라 나를 더 좋아하게 될 테다. 내가 너에게 심어둔 그 말들이 너의 속을 잠식해 갈 테다. 그렇게 너의 생각이 내 생각으로 꽉 차버리면, 날 네 옆에 두고서 끊임없이 말을 걸고 싶을 거다. 목소리가 쉬어 버릴 때까지 나와 수다를 떨고 싶을 거다.

그런 게 고백의 힘 아닐까. 나는 그렇게 너의 새벽을 믿고서 고백하고 싶다.

내 평생을 기다려 온 사람이 너라고 바로 확신할 수 있는, 너의 존재만으로 그득히 위로가 차오르는, 그토록 쓰리고 쓰렸던 게 널 만나기 위해 필요한 시간이었다면 기꺼이 모두 용서할 수 있는, 네가 내게로 온다면 내 자존심 따위 모조리 내던질 수 있는, 나의 모든 해답이 너라고 할 수 있는 이 사랑스러운 사람아. 더는 한 순간도 지체 말고 내게로 오라.

너를 만난 후 빠르게 변해 간다

너를 알게 되고 좋아하게 되기까지 나에게는 정말 많은 일이 있었다. 대체 몇 번의 짝사랑과 몇 번의 실연과 몇 번의 만남과 이별을 겪었는지. 그리고 그 모든 사람을 거치며 나의 이상형의 틀은 점점 더 자세해졌고, 이런 사람은 싫고 저런 사람은 안 된다며 더욱 까다로운 조건을 내세워 사람을 재기 시작했다. 그러다 점점 누군가에게 마음을 여는 것은 거의 불가능에 가까울 정도가 되었고, 나는 새로운 사랑에 번번이 실패했다.

그 실패가 반복될수록 나는 나 자신을 비난했다. 대체 내가 어떤 사람을 원하는지 나조차 알 수가 없었다. 외모가 너무 출중해도 싫고, 너무 평범해도 싫고, 내가 맘에 든다고 먼저 다가가 연락을 나누게 된 상대와도 금세 마음이 식어버려 멋대로 끊어 버리기를 반복했다. 그리고 나중엔 심지어 상대가 나에게 다정하게 굴어도 그를 좋아할 수 없는 나를 발견하면서 나 자신에게 화가 치밀었다. 대체 왜 마음이 가다가 멈추는 건지 이해할 수가 없었다. 그러면서도 외로움은 점점 극에 달하고 이젠 누군가를 단순히 좋아하게 되는 것도 참 어렵구나 생각했고, 그게 또 그렇게 서러워 몇 시간을 혼자 울기도 했었다.

그리고 그 울음이 체념으로 변해 가던 순간, 너를 보았다. 처음에는 평소 내가 좋아하던 사람들과는 전혀 다른 모습의 사람인지라 관심이 가지 않았는데, 결국 나도 모르는 사이에 내 마음이 네게 푹 빠져 있었다. 이미 내 마음을 빼앗은 넌, 내 속도 모르고 참 해사하게 웃고 있었다. 정말 오랜만에 느낀 감정이었는데. 그게 너라는 점이 참 이상했다. 지금까지 내가 좋아했던 사람들과는 너무 다른데, 왜 이렇게 미친듯 끌리는 건지 알 수 없을 정도로.

너를 알게 된 이후 나는 빠르게 변해 갔다. 좋은 사람이 되고 싶어 내가 먼저 움직이고, 네게 맞는 사람이 되고 싶어 더 자주 웃었다. 말투는 부드러워졌고, 지금껏 알던 사람들과는 달리

형용할 수 없는 마음의 안정감이 찾아왔다. 널 떠올리면 그냥 편안했다. 어디에 있든지 내게 이런 평안함을 준 너도 마음 편히 있기를 바라게 되었다. 너로 인해 나는 새로운 사랑에 눈을 뜬 것 같았다. 이렇게 잔잔한 마음도 사랑이라니. 아니, 그 잔잔함에서 더 진한 사랑이 느껴지다니.

　너를 알게 되기까지 나는 너무 힘들어서 자주 울었고, 대체 얼마나 좋은 사람이 오려고 이리도 괴로운 거냐며 신께 하릴없이 하소연을 늘어놓았다. 왜 매번 이렇게 힘든 사랑을 주시냐고 따지고 싶었다. 그리고 여전히 너라는 사람 또한 내게는 너무 감당하기 힘든 사랑이기도 하지만, 지금까지 신께서 널 만나게 하기 위해 이런 시간을 견디고 버티게 하신 거라면 지금까지 힘들었던 일들을 백 번이라도 다시 반복할 수 있다는 생각까지 했다. 그 끝이 너라면, 네가 내 옆에 있다면. 그까짓 일들 다시 겪을 수 있다고. 그리고 이게 바로 사랑이라고 이제는 웃으며 말할 수 있게 되었다.

우연이란 운명을 더 운명답게
만들어 주는 기폭제

개인적으로 나는 우연을 믿지 않는다. 아니, 우연을 믿지 않는다기보다는 그 우연이라는 게 사실은 계획된 운명이고, 그 계획된 운명이 우연이라는 탈을 써서 조용히 몰래 다가와 내게 어떤 사건을 일으키는 시작점이 되는 것 같다.

지금껏 내가 열렬히 사랑했던 이들은 항상 내게 운명이었다. 내겐 이루어지는 것만이 운명은 아니다. 이루어지지 않고 끝이 났어도, 다시는 볼 수 없게 끊어졌어도 신기하게 그 끝이 또 새로운 시작을 끌고 왔다. 단 한 명도 내게 허투루 스친 적이 없었고, 그들의 영향으로 나아간 곳엔 또 새로운 운명이 유입되고 있었다. 다시 말하면 내게 운명이라는 것은 그 사랑과 평생 이어지도록 정해진 숙명이 아니라 내가 인생에서 꼭 만나야만 할 터닝포인트였다는 것이다. 무수히 많은 사람 중 하필 내 앞에 나타나 만나게 된 자체가 운명이라는 것이다. 그 덕에 난 내가 사랑한 이들을 참 열렬히도 사랑할 수 있었다. 매순간, 이 사람이 내 운명이라 굳게 믿고 사랑했으니까.

만일 당신의 옆에 있는 누군가가 더이상 새롭지 않고 특별하지 않아 지루하다면 지금 당장 눈을 들어 주위를 둘러보기를 권하고 싶다. 그리고 시야를 넓혀 생각해 보자. 당장 이 지역, 이 나라, 이 지구, 이 우주. 이 드넓은 세상 먼지보다도 작은 내게, 똑같이 먼지보다도 작은 이 사람이 하필 내 옆에 있다는 사실을. 허공을 떠다니는 무수히 많은 먼지들 중에 하필 이 먼지가, 이 무수히 많은 먼지 중 나라는 먼지 옆에 왔다는 사실을. 옷깃만 스쳐도 인연이라는 세상에, 이 사람은 옷깃을 스치는 것도 모자라 나와 눈을 맞추고 대화를 하고 웃어주며 내게 자신의 시간을 아낌없이 쏟아붓는 그러한 운명이라고. 모든 운명을 넘어 내게로 보내졌다고. 이 이상 얼마나 더 특별할 수 있냐고.

초능력

우리는 초능력자가 아닌데 때때로 자신과 남에게 초능력을 요구하곤 한다. 가령, 좋아하는 사람에게 마음을 전하는 게 두려워 고백하지 못하고 심지어는 잘 쳐다보지도 못하면서 그 사람이 먼저 내 마음을 알아주고 다가와 주길 바란다거나, 하루아침에 내가 원하는 분야의 엄청난 유명인이 되어서 성공을 거머쥔다거나 하는 것.

내가 살아오면서 생긴 좌우명이 하나 있는데 그것은 '아무것도 하지 않으면 아무 일도 일어나지 않는다'라는 말이다. 나는 이 문장에 깊이 공감한다. 소설처럼 인위적으로 꾸며낸 세상에도 개연성이란 것이 있고 발단과 전개가 있기 마련인데, 현실에선 더더욱 그렇지 않을까. 무언가가 꿈틀거리며 시작하고 움을 터야 그것이 자라 싹이 나고 기둥이 세워지며 가지가 울창한 어떤 것이 된다는 것이다. 그러니까 무엇이든 해 보자는 말이다. 자꾸만 자책하며 나태하게 자신의 한계를 스스로 축소시켜 확정지어 놓고 그 속에서 갑갑해하지 말자는 말이다. 그게 하고 싶은 일이든, 누군가를 사랑하는 일이든.

우리가 미래를 모르고 서로의 생각 속을 들여다볼 수 없다는 것은 어쩌면 축복인지도 모른다. 내가 살아가면서 생각하는 모든 것을 다른 사람이 읽을 수 있게 공개가 된다면 얼마나 고통스러울까. 또, 정해져 있는 미래의 직업과 변하지 않을 미래의 애인처럼 나의 미래를 모두 미리 알고 있는 삶이란 얼마나 지루하고 비참할까. 내가 관심이 가는 이에게만 알고 싶은 마음이 든다는 건 어쩌면 행운이고 감사한 것이다. 미래에 내 옆에 누가 있을지, 무슨 일을 하며 살아가고 있을지 우리는 모르니까. 그래서 뭐든 해볼 수 있으니까. 내가 지금 시작하는 이것이 결국 좋아하는 일을 하게 만들지도, 내가 사랑하고 싶은 사람에게 용기 내어 다가가는 한 걸음이 결국 그와 사랑을 시작하게 해주는 첫걸음이 될지도 우리는 전혀 알지 못하니까.

여름

나는 여름을 정말로 싫어해서 여름으로 가는 길목인 봄조차 그리 반기지 않을 정도이다. 그 정도로 여름을 너무 싫어하지만, 그래도 좋아하는 여름의 순간이 있다. 좋아하는 사람들과 여행을 떠나 물놀이를 실컷 하고 돌아와 샤워를 하고, 머리까지 싹 말린 후 에어컨 아래에 누워 뽀송뽀송한 순간을 즐기는 시간. 물놀이를 한 직후라 약간의 피곤함과 나른함이 공존하지만, 곧 있을 저녁 식사를 준비하며 간식으로 수박을 나누어 먹는 그런 시간.

그리고 '청춘'이라는 단어와 가장 어울리는 계절도 여름인 것 같다. 특히, 여름 밤바다에서 불꽃놀이를 할 때 가장 어울린다. 바다 위로 조금 시시해 보이는 폭죽을 쏘아 올릴 때, 불꽃이 튀는 막대기로 허공에 휘저어 글씨를 적어볼 때, 새벽이 되어도 후텁지근해서 맨살이 비치는 얇은 옷을 입고 있을 때 또한 그렇다. 마시지도 못하는 술을 마셔서 얼굴엔 열꽃이 피어오르고, 알코올로 인한 두근거림이 너를 향한 내 마음이라고 생각해 버리는 것까지 모두.

너도 몸에 열이 많아서 나처럼 겨울이 더 좋다고 했다. 더운 것보다 추운 게 낫다고 생각하는 것 또한 너무 나 같아서, 네 말을 듣는 순간 피식 웃음이 새어 나와 버렸다. 그런데, 우리 둘 다 여름보단 겨울을 좋아하지만, 그래도 너와 함께 있을 계절을 하나만 고르라고 한다면 여름을 선택하고 싶다. 두꺼운 옷가지들이 우리 사이를 가로막지 않고 좀 더 가까이 밀착되면 너의 진심 또한 가까이 느껴질 것만 같아서.

꿈꾸는 소박한 미래

내가 꿈꾸는 미래의 성공이란 어떻게 보면 대단해 보이기도 하지만, 어떤 면에선 참 소박하곤 했다. 내가 미래에 원하는 만큼 꿈을 이루면 꼭 크리스마스 이브와 크리스마스엔 일에 대한 부담 없이 보내고 싶다. 이미 휴일인 날을 뭘 굳이 그러나 싶기도 하겠지만 스무 살이 넘은 후엔 크리스마스 이브와 크리스마스 당일에 일을 하지 않은 날이 없었다. 오히려 평소보다 북적이는 사람들 틈새에 끼어 그들이 원하는 크리스마스를 보내게 해주기 위해 이리 뛰고 저리 뛴 날들이 많았다. 아마 올해에도 그렇게 되겠지. 물론 나 말고도 누군가의 완벽한 크리스마스를 위해 일하는 사람이 많을 테다. 각종 레스토랑이든 카페이든 술집이든, 그 속엔 휴일을 버리고 자신의 이익뿐 아니라 다른 사람의 크리스마스를 위해 일하는 사람들이. 하지만 미래의 언젠가는, 그 이틀 만큼은 내게 온전한 휴식을 주고 싶달까.

올해 크리스마스 무렵엔 더 듣게 되는 캐럴이 있다. 머라이어 캐리의 'All I want for Christmas is you'는 겨울마다 '아, 올해도 어김없이 크리스마스 시즌이구나' 하며 느끼게 되는 가장 캐럴 같은 캐럴, 가장 겨울 같은 곡. 그 곡의 가사처럼 간절히 크리스마스에 함께 하고 싶은 사람이 생겨서인지 괜히 더 듣게 되곤 한다. 이 곡을 가만히 앉아 듣고 있다 보면 괜히 우리 집엔 있지도 않은 벽난로와 따뜻한 벨벳 재질의 카펫, 담요, 크리스마스 트리 밑에 놓인 크리스마스 선물 상자를 떠올리게 된다. 그러면서 미래의 내 크리스마스엔 나의 사랑과 함께 이 곡을 들으며 해외의 거대한 크리스마스 트리 앞에 서 있어 보고 싶기도 하고, 돌아와서는 따뜻하게 몸을 녹이며 와인 한 잔 하고 싶다.

크리스마스에 바라는 건 당신뿐, 이라는 가사에 걸맞게 너만을 바라보며 그 시간을 만끽해 보고 싶다. 노래가 어쩜 이리 크리스마스를 꼭 닮았을까. 이 노래 가사 속 'you'는 바로 너야라는 말을 해주며 겨울의 신호탄인 크리스마스를 따뜻하게 보내고 싶기도 하다.

자연에 의한 위로

　사람마다 각자 스트레스를 다루는 방식이 다르다. 누군가는 눈물 콧물 쏙 뺄 정도로 맵고 뜨거운 무언가를 먹으면 응어리 졌던 속이 풀린다고 하기도 하고, 누군가는 시끄러운 공연장에서 소리를 지르며 마음껏 뛰어놀면 마음이 시원해진다고 하고, 또 누군가는 주말에 조용한 방 안에 누워 내가 보고 싶은 영화를 실컷 보면 마음이 편안해진다고 한다. 사람의 성향에 따라 누군가는 조용한 곳에서 차분히 가라앉히는 것을 원하기도 하고, 누군가는 시끄러운 곳에 가서 모든 것을 분출하는 게 더 좋다고 생각한다.

스트레스를 다루는 나만의 방법을 묻는 질문이 들어오곤 하는데, 나는 굳이 따지자면 조용히 있는 걸 더 좋아하는 것 같다. 어딘가에 가서 시끄럽게 놀면 그 순간은 즐겁고 속이 풀리는 것 같기도 하지만, 집에 돌아오면 더 허해지는 탓에 스트레스가 사라진 자리에 외로움이란 마음이 틈을 타고 들어오는 경우가 많다. 또 노래방에 가서 노래를 부르는 것도 스트레스 푸는 방법 중 하나이지만, 그건 시끄러운 걸 좋아하는 게 아니다. 차분히 앉아서 잔잔한 노래들을 최대한 예쁜 목소리로 부르고, 그것을 녹음해 듣는 재미로 간다. 그런 걸 보면 확실히 차분한 걸 더 좋아하는 편인 것은 확실한 것 같다.

또, 내 주변 사람들은 많이 알고 있는 것인데 난 유난히 한강을 좋아한다. 다른 사람들이 한강을 좋아하는 것보다 그 이상으로 좋아하는 내 모습에 친구들은 일명 '한강순이'라는 별명을 붙여 줄 정도였다. 지금의 나는 스트레스를 받거나 조금의 슬럼프가 오면 무조건 한강으로 향하곤 한다. 그렇지만 한강을 처음 간 것은 스무 살이 넘어서였다. 한강에 처음 갔던 날, 나는 지금껏 이곳의 매력을 모르고 살아왔던 내가 불쌍하게 느껴졌다. 그 정도로 한강의 매력에 푹 빠졌던 것이다. 이런 내게 주변 사람들은 '왜 그렇게 한강을 좋아하냐'고 묻는다. 그럼 나는 이렇게 대답한다. 한강에 가서 잔디밭에만 있지 말고 강 둔치쪽으로 내려가서 앉아 있어 보라고. 나는 한강 둔치 쪽 아주 가까이 앉아 있는 것을 좋아한다. 앉아 있는 발 아래로 강물을 볼 정도로 가까이 앉아서, 시야를 답답하게 가리는 건물 없이 건너편의 풍경을 바라보는 걸 좋아한다. 그리고 넓은 하늘과 유유히 내려가는 강물을 한 눈에 담으며 여유롭게 이런 저런 생각에 잠기면, 그 순간만큼 행복한 순간은 찾을 수가 없다.

가끔 혼자 여행을 다니면서 느끼게 된 것이 있다. 나는 시끄럽고 북적북적한 곳에는 흥미가 없어서 그런 곳에 가면 오히려 더 스트레스를 받는 편이고, 강이나 호수, 바닷가 등 물가의 자연 풍경을 가만히 바라보는 게 가장 큰 힐링이라는 사실을. 유럽 여행을 떠난 친구의 사진들 중 파리 에펠탑이나 웅장한 성당, 성들 앞에서 찍은 사진들에는 흥미가 없지만 스위스에 방문해서 거대하고 아름다운 자연 앞에 넋을 잃고 바라보는 사진들은 몹시 부러웠다. 그래서 결국 나는 자연에 의해 받는 위로가 가장 좋은 것 같다.

만일 당신도 자신에게 맞는 스트레스 푸는 방법을 아직 찾지 못했다면, 시끄러운 곳에 가서 청춘을 즐겨보려 해도 늘 파김치가 되어 버린다면, 또 조용히 방 안에서 내가 하고 싶은 일을 하고 있어도 답답한 느낌이 가시질 않는다면, 나처럼 자연에 의해 위로를 받는 사람일지도 모른다. 조용하고 여유로운 곳에서 넓은 하늘을 마주하고, 지는 노을의 색으로 물든 구름을 바라보는 시간들. 풀벌레 소리나 바람에 나뭇잎들이 스치는 소리, 물결이 찰박찰박 흐르는 소리에 더 위로를 받는 사람일지도 모른다.

당신이 나와 같다면 자주 가게 될 자연 속 아지트를 만들어 보길 바란다. 그 속에 앉아 좋아하는 노래도 듣고, 울기도 하면서 당신에게 쌓인 스트레스를 풀고 오길 바란다.

현실 감각이 둔하고
매일 로망 속에 사는 사람

    요즘 유행하는 성격 유형별 검사에서 나는 현실 감각이 둔하고 매일 로망 속에 사는 사람이라고 했다. 또 SNS에서 우스갯소리로 하는 말 중에선 일 년 내내 영화 〈라라랜드〉 속 주인공처럼 사는 사람이라고 했다.

    물론 어떤 것이든 완벽히 맞아 떨어지는 것은 없고, 일반화를 시켜서도 안 되지만 그 말들을 딱히 부정하고 싶지는 않았다. 내가 봐도 나는 현실보단 이상 속에 사는 사람이다. 운명이나 인연을 좋아하고, 과학적이고 사실적인 것보다 비현실적이더라도 아름다운 것들이 좋다. 어떻게 살고 싶다는 이상향이 있고,

그것은 내가 펼쳐낼 수 있다고 생각하며 내 믿음에 의심을 갖고 싶지도 않다. 가끔은 맞닥뜨리는 현실이 쓰리기도 하지만 여전히 나는 이상과 로망 속에 숨어서 사는 것을 좋아한다.

영화 〈라라랜드〉에서 두 주인공은 꿈을 이루기 위해 힘든 삶을 버텨 낸다. 모두 두 주인공의 꿈을 비현실적이라며 비웃었다. 그렇지만 그 둘은 돌고 돌아 결국 자신이 원하던 꿈을 이룬다. 어떻게든 지키려 했던 서로의 사랑은 손에 넣지 못했어도, 혹독한 현실을 이겨내며 결국 두 사람 모두 원하는 꿈을 이룬다. 그래서 어쩌면 나 같은 사람이 '일 년 내내 라라랜드 속에 살아가는 사람'이란 말은 딱 들어맞는 소리일지도 모른다. 아마 나도 두 주인공처럼 누군가 내 꿈을 향해 시비를 걸어도 무시한 채 꿈을 이루기 위해 살 것 같다. 난 남들과 똑같은 환경에 발 맞춰 걸어갈 자신이 없다. 그러한 삶은 훨씬 안정적일지는 몰라도 내겐 그다지 좋은 삶이 아니다.

나는 어릴 적부터 하고 싶은 일들이 넘쳤고, 지금도 하고 싶은 일과 살고 싶은 인생이 선명한데 그것도 하나의 큰 복이라고 생각한다. 생각보다 많은 사람이 자신이 무엇을 하고 싶은지 몰라 답답해 한다. 그래서 하고 싶은 게 있다는 것 하나로도 참 다행이라는 생각이 들기도 했다. 가끔 주변 친구들의 이야기를 듣다 보면, 꿈이란 것은 있는 사람에게도 없는 사람에게도 참 잔인하구나 하는 생각이 든다. 있는 사람은 '비현실'이라는 말과 평생을 싸워 현실로 이뤄내야 하고, 없는 사람에겐 어떻게 나아가야 할지도 모르는 인생에서 '꿈도 없느냐'는 말과 싸워야만 한다.

그러나 나는 그럼에도 사람들이 거창하게 꿈은 아니더라도 작은 로망 하나쯤은 마음에 품고 살았으면 좋겠다. 어떤 풍경이 보이는 집에서, 어떤 성격을 가진 어떤 사람과, 쉬는 날엔 서로 어떤 여가를 즐기며 살고 싶다는 그러한 로망이라도. 그리고 그것을 비현실적이라며 이뤄지지 않을 일이라고 스스로 쳐내지 않았으면 좋겠다. 그런 로망마저 현실적이지 않다고 구겨 버리기엔 우리의 인생은 퍽 지루하고 따분하니까. 지루하고 따분한 인생에 그런 로망 하나쯤은 품고서 살았음 좋겠다. 그 로망이 나의 삶을 이어가야 할 이유가 되어줄 것이고, 이렇게 힘든 삶을 버티게 할 버팀목이 될 것이며, 나의 인생에 대한 방향을 던져줄 것이다. 그런 로망조차 없는 삶은, 살아가야 할 이유조차 잃어버린 것과 같다. 로망으로 최소한의 방향을 찾아야 한다. 내가 어떤 직업을 가지고 얼마의 돈을 버는 사람이 되느냐도 중요하겠지만, 어떤 사람으로 살아가고 싶고 어떤 가치관을 가진 인생을 살아가고 싶은지. 그것에 대해 깊이 생각하고 자신의 로망을 찾았으면 좋겠다. 라라랜드 주인공처럼 꿈과 로망 속에 사는 나는, 꿈을 이루기 전의 그들처럼 조금은 힘겨워도 결국엔 그걸 이루기 위한 노력으로 하루 하루를 버티며 살아내고 있으니까.

뜀틀

늘 최악부터 생각하는 버릇이 있다. 어떤 것을 하고 싶을 때, 또 어떤 것을 해내야만 할 때. 그렇게 생각하면 조금 안심이라도 되는 건지 나는 늘 내가 부족하다고 생각한다. 그래서 최악의 상황을 생각하며, 그 일을 실패했을 때 대처할 핑계들을 찾아놓는 것이다. 그리고 그것은 새로운 변화나 시도에 대한 두려움에서 비롯된다. 나는 이것을 버려야 한다. 두려움은 모든 시도에 초를 치고 일을 그르치게 한다. 그런 일은 전혀 일어나지도 않았고, 일어날 기미도 없었는데 주저하고 망설이다 그런 일들을 스스로 만들게 되는 원인이 된다.

중학생 때, 체육 수행평가 중 뜀틀이 있었다. 뜀틀 연습 내내 나는 그 뜀틀을 제대로 넘지 못하고 항상 끝에 걸터앉게 되었다. 선생님은 그런 내게 뜀틀의 끝 부분을 더 세게 눌러 반동을 강하게 주어야 된다고 말씀하셨다. 나도 알고는 있었으나 그렇게 할 수가 없었다. 머리 속에서 일어나지도 않은 최악의 시나리오를 반복 재생했기 때문이다. 그 최악의 시나리오는 이러했다. '선생님의 말대로 뜀틀의 끝 부분을 힘을 가득 실어 눌렀다가 뜀틀이 분해되면서 바닥에 나뒹굴면 어떡하지? 그럼 애들이 다 비웃을 텐데.' 그 모든 게 내 상상이었지만 그것은 계속 날 주저하게 만들었다. 선생님의 말대로 하면 왠지 잘 뛸 수 있을 거란 확신도 있었으면서 말이다.

　그런데 시험 당일, 나는 멋지게 뜀틀을 넘어 가장 높은 점수를 받았다. 내 차례가 오고 여전히 두려운 마음으로 달려가는데, 그것을 보고 있던 반 아이들 중 누군가 작게 속삭이듯 "날아라!"라고 말했다. 작은 그 응원의 한마디가 내 귀에 또렷이 들렸고 그 목소리 덕에 순식간에 두려움이 사라졌다. 그리고 평소보다 더 강하게 뜀틀 끝을 누르며 보란 듯이 멋지게 넘을 수 있었다.

이렇듯이 두려움이 있고 없고의 차이는 분명하다. 그러니 두려움을 믿어서는 안 된다. 때로는 그 두려움을 무시하고 나의 직감의 편을 믿어 줘야 한다.

빅 피쉬

내 발 사이즈는 250mm로, 보통 여자 신발 사이즈로 많이 나오는 사이즈 중 가장 큰 사이즈이다. 그렇지만 손은 좀 작은 편인데, 내 발이 손에 비해서 큰 이유를 나는 어느 정도 알 것만 같다. 몸이 한창 자라는 성장기에 신발 사이즈가 큰 것을 신으면 그 크기대로 발이 자란다는 얘기가 있다. 물론 속설이라서 과학적이지 않은 얘기이지만, 친구들 중에는 발이 커지는 게 싫다며 건강에 나쁨에도 불구하고 조금 작은 치수의 신발을 늘려 신는 경우도 많았다. 그에 비해 나는 항상 원래 내 발보다 큰 치수의 신발만 신었던 것 같다. 어쩌면 그것이 내 발이 손에 비해 훨씬 커지게 된 이유이지 않을까 싶다.

영화 〈빅 피쉬〉에서는 거인에 대해 말하는 부분이 있다. 극중 주인공 에드워드는 어릴 적 엄청난 속도로 성장하는 병에 걸렸다. 그런데 근육과 뼈는 그 속도를 따라가지 못해서 3년간 침대에 누워만 있었다. 그런 그가 할 수 있는 것은 백과사전을 찾아보며 자신의 거인병의 원인을 밝히는 것이었는데, 어느 날 백과사전에서 금붕어에 대한 이야기를 읽게 된다. 금붕어를 키울 때 금붕어를 작은 그릇에 놓으면 계속 작을 테지만, 더 많은 공간을 주면 두 배, 서너 배로도 자란다는 것. 거기서 그는 자신이 빠르게 자라나는 병을 가진 이유를 찾는다. 자신은 그릇이 큰 사람이라 이곳보다 더 큰 공간을 바라기 때문이라고 했다. 그래서 에드워드는 더 큰 공간을 마련하기 위해 이런저런 계획을 세우며 실천한다. 거인은 보통 크기의 삶을 살 수 없다면서. 그러다 그의 몸이 성인 남자의 몸 크기로 자랐을 때, 빠르게 자라는 병이 사라진다.

그 후, 어느 날 그의 마을에 진짜 거인이 나타난다. 그 거인은 배가 고파 사람들의 가축들을 멋대로 잡아먹었고 그로 인해 마을 사람들의 불만은 커져만 간다. 그것을 해결하기 위해 주인공은 거인에게 찾아가서 이런 제안을 한다. 나와 함께 더 큰 곳으로 떠나자고. 당신이 살기엔 이 마을이 너무 작다고. 나 같은 사람에게도 작은데, 당신은 오죽하겠냐고. 그리고 거인과 함께 마을을 빠져나온 에드워드는 동화 속에나 나올 것만 같은 각종 모험을 겪는다.

　이와 비슷한 얘기로 바닷가재 이야기를 들었다. 바닷가재는 우리도 알다시피 겉 껍데기는 딱딱하나, 속의 살은 아주 부드러운 편이다. 그런데 바닷가재는 속살은 자라나 껍데기는 자라지 않는다고 한다. 그래서 성장하면 할수록 점점 자신의 껍데기가 몸을 조여오고, 온갖 스트레스와 압박을 받으며 불편하게 생활을 한다. 그러다 한계에 다다르면 그들은 그 작은 껍데기에서 탈피하여 새로운 껍데기를 만들어야 한다. 그래서 탈피를 한 뒤 새로운 껍데기를 만드는 동안 포식자로부터 안전하게 지내기 위해 바위 밑으로 숨어서는 새로운 껍데기를 만들고, 이 과정을 계속 반복한다고 한다.

　어쩌면 우리가 살아가면서 겪는 불안함이나 두려움, 압박감 같은 것은 우리가 더 큰 세계로 옮겨가야 한다고 신호탄을 쏘는 것일지도 모른다. 미친 듯이 빠르게 자라나는 병을 겪으며 더 큰 세계가 필요하다는 것을 느낀 영화 속 주인공이나, 점점 껍데기가 옥죄어 오는 것을 느껴 탈피를 하는 바닷가재 모두 불안함이나 두려움, 압박감이 계기가 되어 새로운 세계를 찾아

나선다. 그러나 그것이 쉽지만은 않을 것이다. 주인공이 여러 가지 모험을 하는 와중이나, 바닷가재가 바위 밑에서 몰래 숨어 있는 중에도 수없이 많은 불안함과 어려움을 맞닥뜨릴 테니까. 그러나 우리는 알고 있다. 그 어려움이 무서워서 움직이지 않으면 점점 세상은 나를 옥죄어 올 뿐이라고. 큰 신발을 신으면 그 크기에 맞춰 발이 자라난다는 속설처럼, 우리는 조금 더 큰 세상으로 옮겨가면 그 크기에 맞춰 조금 더 큰 사람이 될 수 있을지도 모른다.

발이 커지는 게 싫어서 계속 작은 신발만 신으면 발 건강에 매우 안 좋은 영향을 끼친다. 게다가 작은 신발을 억지로 신으면 걷는 내내 발꿈치와 발가락의 살이 쓸리고 피가 날 수밖에 없다. 우리는 성장을 해야 하고 그 속에서 여러 힘든 감정을 겪어야만 하지만, 그래도 우리는 새로운 세상의 더 큰 나에게로 옮겨가야 한다. 그리고 돌아보면 느끼게 될 것이다. 저 세계가 나에 비해 작았기 때문에 그토록 힘겨웠던 것이었음을. 당신은 그만큼 큰 사람임을. 지금 처한 환경이 너무 답답하다면, 당신을 둘러싸고 있는 세계가 당신의 뜻을 감당하지 못할 정도로 작아서일지도 모르는 일이다.

시작하길 잘했습니다

　며칠 전부터 운전을 시작했다. 면허증은 5년 전쯤 땄지만, 면허증을 신분증 용도로만 사용해 오다가 이제는 운전을 꼭 시작해야겠다는 생각이 들었다. 머뭇거리면 또 실행에 옮기지 못할 것 같아서 일단은 면허를 딴 학원에 전화를 걸어 연수 예약을 했고 그렇게 운전을 다시 시작했다. 처음 연수를 받으러 간 날엔 너무 긴장을 했는지 어깨에 통증을 느낄 정도였다. 연수가 끝나고 두 달 정도는 차에 초보 딱지를 붙이고 다니며 실수도 많이 했다. 초보 딱지를 떼어 낸 지금은 좁은 길에선 여전히 서툰 티를 내며 다니지만, 그래도 웬만한 길은 자유롭게 다닐 수 있을 정도로 자신감이 붙었다.

운전대를 잡을 때마다 나는 알 수 없는 감정을 느끼곤 한다. 어릴 적, 술을 마시거나 담배를 사는 등 어른들에게만 허락된 어떤 행동들 중에서도 바로 '운전'을 한다는 게 가장 어른의 자격이 주어진 일처럼 느껴졌기 때문이다. 그런데 그걸 내가 직접 하고 있으니 술을 처음 마시게 되었을 때보다 더 성인이 된 것을 실감하게 되고, 운전을 하고 도착지에 무사히 도착해서 주차를 끝내고 나면 더 자주 그런 생각이 든다. 그런데 운전을 본격적으로 해야겠다고 마음먹기 전에는 운전을 한다는 게 너무 두렵게만 느껴졌다. 내가 운전을 하는 걸 상상하면 마치 정글 한복판에 맨몸으로 던져진 것 같은 기분이 들어서 나는 평생 운전을 하지 않겠다고 다짐을 하기도 했다. 지금 생각해 보면 시작해 보지도 않고 무작정 '난 운전을 할 머리가 없다'고 단정지었던 게 좀 바보 같기도 하다.

며칠 전에는 어릴 적 보았던 영화 〈예스맨〉을 다시 보았다. 어릴 적엔 이 영화가 짐 캐리가 한국말을 하는 신기하고 재미있는 영화라고만 생각했는데, 이제 와서 보니 꽤 많은 이야기를 담고 있었다. 어릴 땐 그저 '긍정'에만 초점을 맞춘 영화라고 생각했는데, 그것만은 아니었다. 단순히 '긍정'보다는 어떤 일을 마다하지 않고 스스로 '도전'하는 것에 더 초점이 맞춰진 영화였다. 극 중에선 주인공이 자신의 인생에는 쓸모가 없을 것 같은 걸 배워 두는데, 나중엔 그 배워 둔 것을 써먹을 일이 생긴다. 그걸 보면서 나 또한 쓸모없을 거라 여겼던 것들도 언젠가 그것을 쓸 만한 기회가 왔다는 것을 깨달았다. 그래서 인생의 도전과 배움엔 '괜히'라는 말이나 '쓸모없다'와 같은 말은 없다는 걸 느꼈다. 그래서 우리의 인생을 살아가면서 겪는 어떤 좋은 일과 나쁜 일들은 결국 경험과 배움으로 남아 언젠가 도움을 주는 날이 꼭 온다는 거다.

여전히 나는 운전이 미숙하고 초행길을 갈 때는 바짝 긴장을 하고 가지만, 역시 운전을 할 때마다 일단은 시작한 게 참 다행이고 잘했다는 생각이 든다. 혹시 이 글을 읽고 있는 당신도 현재 무의미한 시간들을 보내고 있다는 생각이 든다면, 지금껏 괜히 시간 낭비라고 생각했거나 잘못 할까 두려워 시도하지 못한 일을 눈 딱 감고서 도전해 보는 게 어떨까. 분명 처음은 어렵고 서툴겠지만, 누구나 처음 운전을 할 때엔 초보운전 딱지를 붙였을 것이다. 결국 그건 당연하다는 말이다. 그렇게 처음의 두려움을 이겨내고 뒤를 돌아보면 그 일은 당신에게 뿌듯함을 선사할 것이다. 그리고 언젠간 배워 둔 것을 쓸 날이 온다. 그때 느낄 것이다. 내가 이 순간을 위해 처음을 버텨 왔구나, 하고.

너무 힘든 저녁, 집으로 돌아오는 길이 천 리 길처럼 멀게 느껴질 때 눈을 감고 천천히 되새겨보자. 내가 여기까지 오느라 해냈던 것들을, 아주 작은 것이라도. 그리고 작은 마음의 소리로라도 생각해 보자. 힘들어하는 누군가에게 건네고 싶은 위로처럼, 너는 잠시 지쳤을 뿐이고 이건 절대 끝이 아니라고. 네가 생각하는 것보다 훨씬 아무것도 아닐 거라고.

일단 해보기

2015년부터 약 3년간 취미 밴드의 보컬로 활동했었다. 매주 토요일 홍대 근처에 있는 합주실을 빌려 두 시간씩 합주를 하고, 멤버들과 저녁을 먹으며 일주일간의 일상을 나누었다. 때로는 시간을 맞춰 MT도 가고, 두 차례 공연도 했다. 지금은 이런저런 일들로 밴드를 그만두었지만, 여전히 밴드에서 만난 인연과 주기적으로 연락을 하며 지내기도 한다. 가만히 뒤를 돌아보면 꿈처럼 느껴질 정도로 내게는 참 좋은 시간들이었던 것 같다. 성인이 되어 학교에서 나오면 새로운 사람을 만날 기회가 줄어든다. 그래서 스스로 어떤 모임을 찾아 가입하는 경우가 많은데, 그 밴드 생활을 몇 년간 하다 보니 처음 만난 사람들과 모임을 갖는 것에 대한 두려움도 사라졌다. 나이나 성별, 사는 지역, 직업이 천차만별로 다른 사람들과 교류를 하고 계속 알아가는 사이가 된다는 게 그리 싫지 않다는 걸 깨달은 것이다. 그런데 웃기게도 이 밴드에 들어가게 된 계기는 정말 즉흥적이었다.

  밴드에 처음 들어가게 된 날은 토요일이었고, 나는 엄마가 운영하던 편의점에서 주말 오전 아르바이트를 하고 있었다. 사실 밴드엔 관심이 없었는데, 아르바이트를 하다가 그때 내가 좋아했던 사람이 한 밴드의 보컬이었다는 사실을 알게 되었다. 그 작은 이유 하나로 갑작스레 '나도 한 밴드의 보컬이 되어 보고 싶다'는 마음이 생겨 버렸다. 그래서 나는 무작정 인터넷 카페들을 뒤지며 취미 밴드 구인 글을 계속 찾아보기 시작했다. 그러다 괜찮은 곳을 발견해서 연락을 했는데, '오늘 오후 5시에 홍대에서 합주가 있는데, 오디션을 보러 올 수 있느냐'는 대답이 돌아왔다. 아무런 준비도 안 된 상태에서 갑작스런 오디션 제안이 들어오니 걱정스러웠지만, 마침 편의점 근무가 오후 3시에 끝나는 상황이어서 그 제안을 수락했다.
  홍대로 향하는 버스 안에서 나는 엄청난 긴장에 휩싸였다. 그들이 어떤 사람인지도 잘 모르고, 어느 정도의 실력을 가지고 있는지도 몰랐다. 또한 어떤 목소리와 어느 정도의 실력을 가진 보컬을 원하는지도 모르는 상황이었기에, 나는 섣불리 가겠다고 말한 것을 살짝 후회하기도 했다. 그래서 '지금이라도 일이 생겨 못 가게 되었다고 다음 주로 미룰까, 아니면 그냥 핑계를 대고 집으로 돌아가서 다른 밴드를 고심해서 찾아 볼까.' 하는 고민을 수도 없이 했다. 그렇지만 밴드 멤버들과 나는 필연적이었는지, 내 발은 합주실까지 도착하고야 말았다. 그렇게 나는 오디션 겸 첫 합주를 하게 되었고, 그 날을 시작으로 약 3년간 그 밴드의 멤버로 활동하게 되었다. 그 밴드에 들어간 것은 내 인생에서 잘한 일 중 다섯 손가락 안에 드는 일이 되었다. 한순간의 용기로 평생 잊지 못할 소중한 추억들을 많이 남기게 되었기 때문이다.

이뿐만이 아니다. 내가 초등학생 시절, 등산을 좋아하시는 이모부가 친척들을 다 끌고 산에 데려간 적이 있다. 나는 운동 중에 등산을 가장 싫어했는데, 이모부의 손에 이끌려 억지로 산에 간 것이 너무 싫었다. 그래서 '내가 왜 이러고 있어야 하나' 싶은 마음에 다른 사람이 보든 말든 눈물을 펑펑 쏟으며 산을 올랐다. 그렇게 겨우 도착한 산 정상의 풍경은 울면서 올라온 것이 무색할 정도로 참 아름다웠다. 하도 울어 눈이 퉁퉁 부은 채로 봤어도 발 아래에 펼쳐진 풍경이 멋있다는 것을 부정할 수가 없었다. 물론 지금도 운동 중 등산을 가장 싫어하는 것은 변함이 없고, 여전히 산은 근처에도 가지 않는다. 그래서 한편으로는, 산 정상이 아름답다는 사실을 그 어릴 적에라도 느껴 보았다는 게 참 다행인 것 같기도 하다. 어릴 적엔 몰랐지만, 내게 좋은 풍경을 보여 주고 싶었던 이모부의 마음도 이제는 감사할 따름이다.

주변 사람들에게 〈노트북〉이라는 영화를 수도 없이 추천을 받았지만, 나는 로맨스 영화는 좋아하지 않아서 나중에 시간이 되면 보겠다고 계속 미뤄 두었었다. 그러다 심심해진 어느 새벽, 마치 밀린 숙제를 하듯이 그 영화를 보게 되었는데 영화가 끝이 난 후 눈물을 흘리고 있는 나를 발견했다. 그리고 왜 이걸 이제서야 봤을까 싶은 후회감이 밀려왔다. 그건 〈노트북〉뿐 아니라 〈라라랜드〉와 〈어바웃 타임〉을 봤을 때도 그랬다. 이런 일들을 겪으면서 생각했다. 내 마음속에 있는 두려움과 귀찮음, 괜한 편견들을 한 번쯤은 무시해 보는 필요도 있을 것 같다고. 뭐든 일단 시도를 해보는 게 더 나은 것 같다고. 물론 시도를 해서 항상 좋은 일이 생길 거라는 보장은 나도 할 수 없다. 하지만 지금까지 내가 느낀 세상은 용기를 내어 어떤 것을 시도하면 좋은 쪽으로 흘러가게 해 준 적도 많았다. 그 시도 자체가 너무 위험한 일이라면 당연히 시도하지 않는 편이 낫겠지만, 단순히 귀찮거나 용기가 없어 미루게 되는 것이라면 그 모든 생각을 무시하고 실행에 옮겨 보는 것도 좋다고 생각한다. 그게 생각지 못한 좋은 일을 끌고 올지 모르니까.

한 번은 밴드 합주가 끝나고 집으로 돌아오는 길에 아는 사람을 만난 적이 있다. 밴드 생활을 몇 년씩 하고 있는 내게 그 사람은 이런 말을 했다. '나도 너처럼 취미를 가져 보고 싶은데 난 뭘 하고 싶은지도 잘 모르겠다'고. '친구들을 만나면 매번 똑같은 곳에 가서 똑같이 놀기만 하는데, 너처럼 모임에 나가서 새로운 사람들도 만나고 인맥도 쌓으면서 세상을 좀 넓게 살아보고 싶다'고. 그래서 나는 대답했다. 맨날 똑같은 것만 하는데 스스로 뭘 좋아하는지 모르는 게 당연한 거 아니냐고. 해본 적이 없는데 뭐가 재미있는지 어떻게 아느냐고. 그 말을 들은 그 사람은 살짝 눈이 커졌고 이렇게 대답했다. "오, 진짜 그러네."

나는 노래를 했던 사람이라 노래 부르는 것에 대한 즐거움을 알고 있었다. 그래서 밴드 보컬이라는 취미를 바로 찾은 것이다. 그렇듯 테니스나 배드민턴 같은 운동 모임이든, 책이나 영화, 연극을 보는 문화 모임이든 일단 한 번은 해 봐야 나와 맞는지 아닌지 알 수 있다. 그러니 나는 자신이 무엇을 좋아하는지 모르는 사람에게 이렇게 말해 주고 싶다. 일단 뭐든 해보라고.

하이라이트 신과 비하인드 신

인터넷에 돌아다니는 유명한 말들 중 그런 말이 있다. 성공한 사람의 성공 스토리만 듣는 것은 스포츠 경기의 하이라이트 신만 보는 것과 같다고. 그들에겐 무수히 많은 비하인드 신이 있었을 텐데, 사람들은 늘 성공한 그 순간의 모습만 보게 된다고. 나는 그 말에 깊이 공감하곤 했다.

종종 이런 말을 듣는다. "너는 꿈이 있어서 좋겠다."라는 말이다. 그 말을 들으면 나는 복잡미묘한 감정이 떠오른다. 보통 그런 말을 건네는 사람은 자신이 무엇을 하며 살아가고 싶은지 스스로 결정한 적이 없거나, 생각을 깊이 해 봤어도 딱히 원하는 게 없는 사람이 많았다. 그들에 비하면 나는 다행인 건가 싶다가도, 막상 내 삶을 자세히 들여다보면 여전히 힘들고 막막한 것은 마찬가지였다. 그래서 '네 생각만큼 그렇게 좋지만은 않아.' 하는 생각을 속으로 삼키게 된다.

나는 어렸을 적부터 하고 싶은 게 항상 넘쳤던 사람이다. 그게 어찌 보면 축복이기도 하다. 아주 어릴 땐 어떤 사람이 되고 싶냐는 질문을 받으면, 꼭 해야겠다는 간절한 마음은 없었어도 괜히 동경하는 직업이 있었다. 그러다 열두 살 즈음부터는 본격적인 꿈이 생겼다. '가수'가 되고 싶다는 간절한 마음이 생긴 것이다. 비록 그 꿈을 이루진 못했지만, 지금은 인생의 두 번째 꿈이었던 작가가 되었기에 항상 어떤 것을 쫓아 살았던 것 같다. 나는 내가 이런 삶을 살고 있으니, 다른 사람들도 다 그럴 거라고 생각했다. 학창시절엔 모두 어떤 대학을 목표로 공부를 하고 있었기에, 나는 그 친구들이 다 나처럼 어떤 꿈을 향해 그 길을 준비하는 것이라고 생각했다. 그러나 친구들은 그리 꿈꾸던 대학과 전공을 품에 안아도 그다지 좋아하지 않았고, 대학 생활을 힘겨워했다. 급기야는 자퇴를 선택하고 새로운 길을 찾는 친구들도 많았다. 그러다 졸업을 해서 학생의 시기가 끝나갈 무렵엔 내게 '꿈이 있어 좋겠다' 하고 말하는 친구와 지인들이 점점 늘어났다. 심지어 내가 노래를 그만두게 된 후, 망설임 없이 바로 작가의 길을 준비하는 것에 신기해하는 친구도 많았다. 나는 그때 처음으로 느꼈던 것 같다. 친구들이 준비했던 건 세상의 관문이라 여겨지는 '입시'였을 뿐이고, 자신이 정말 가고 싶은 길은 아니었다는 것을. 그래서 항상 꿈을 갖고 있다는 게, 타인이 보기엔 신기한 것으로 보이기도 한다는 것을.

처음에 그런 말을 듣기 시작했을 땐 내가 꿈을 갖고 있다는 것이 다행스럽게 느껴지기도 했다. 그 무렵의 나와 친구들은 대학교를 막 졸업해서 사회에 처음으로 발을 내딛을 때였다. 나는 졸업 후에 가족이 운영하는 사업장에서 아르바이트를 하며 본격적인 작가의 길을 준비했다. 그러나 친구들은 열심히 배운 전공을 살려 회사에 들어갔는데, 그때 여기저기서 많은 울음보가 터졌다. 지금껏 준비해 온 길을 따라 왔지만, 알고 보니 자신이 진짜 원해서 온 길은 아니었음을 깨달았다는 것이다. 그렇다고 지금 당장 때려치우기엔 준비해 온 모든 시간과 노력들이 아까웠고, 무엇보다 가장 큰 문제는 무엇을 하고 싶은지 모른다는 것이었다. 하고 싶은 게 딱히 없으니 이것저것 직접 부딪쳐 봐야 하지만 그럴 자신도, 여유도 없다. 결국 어쩔 수 없이 맞지도 않는 곳에 자신을 끼워 맞추듯 사회생활을 하니, 힘든 그 모습이 안타까워 보이기만 했다.

그러나 꿈이 있다는 게 다행이라고 느낀 것도 잠시였다. 친구들이 조금씩 안정된 수입을 얻고 회사에 적응을 해서 힘든 마음이 조금씩 무뎌져 갈 때, 나는 그런 친구들에 비해 정작 이룬 것이 없다고 느껴졌다. 계속 열심히 아등바등 살아가고 있었지만 아직 글만으로는 수익을 내지 못하니 수입을 담당하는 다른 일을 더 해야만 했다. 게다가 정작 내가 하고 싶은 일에 있어선 완벽히 자리를 잡았다고 할 수도 없었다. 발은 계속 움직이고 있는데 어째 꿈은 점점 더 멀어 보이기만 했다.

친구들은 이따금 '하고 싶은 일을 향해 꾸준히 나아가는 것이 멋있다'고 말했지만, 그런 대화를 끝내고 집으로 돌아와서의 내 상황은 달랐다. 쓸 말이 없어 몇 시간을 텅 빈 노트만 바라보고 있으면서도, 한 편이라도 글을 쓰지 않으면 불안해 잠들지 못하는 날들이 허다했다. 또 정말로 내가 쓰고 싶은 글을 쓰기보다는, 어떤 것이 사람들이 좋아하는 글인가 하는 고민에 더 얽매이기도 한다. 그렇게 불안한 새벽을 뜬눈으로 지새워도, 딱히 나아지지 않는 현실에 예술의 길을 택한 것을 몸서리치게 후회한 적도 많았다. 무엇을 원하는지 몰라 힘이 드는 것처럼, 어떤 것을 너무 원해서 쉽게 놓을 수 없는 괴로움 또한 크다는 것을 뼈저리게 느끼곤 했다. 늘 하고 싶은 게 있는 나도, 딱히 인생의 뾰족한 수가 있는 것은 아니었다. 그래서 어느 순간부터는 내가 예술을 택한 것이 아니라, 예술의 길이 아닌 인생은 살아낼 자신이 없어서 붙잡고 있는 것 같았다. 매일 똑같이 반복되는 삶이 죽어도 싫어서 이 길을 선택했는데, 이걸 놓아버리면 우울증 없이 나를 온전히 지켜내며 살아갈 자신이 없었다. 그러다 보니 내가 글을 쓰는 이유가 그것이 너무 좋아서, 그것이 아주 행복해서가 아니라 그 일은 내가 살아갈 수 있도록 최소한의 숨통을 틔우는 작업에 불과하다는 생각까지 들었다.

영화를 보면 하이라이트 신Scene이 있다. 극 중 절정에 이르러서 영화 속 모든 내용이 집결되어 터지는 불꽃과 같은 장면이. 그렇지만 그 장면을 찍기 위해선 무수히 많은 스태프와 배우들이 고생을 했을 것이고, 그 속엔 수많은 NG가 있었을 것이다. 그 실수한 필름을 비하인드 신으로 숨겨 놓고 보여 주지 않을 뿐, 한순간에 그 장면이 짠하고 나온 것은 아닐 거란 말이다.
나는 꿈이 있는 사람이든, 없는 사람이든 누구나 자신만의 하이라이트 신과 비하인드 신이 있다고 생각한다. 하이라이트 신의 그 짧은 순간을 위해 아마 엄청난 양의 비하인드 신이 쌓여 있겠지. 인터넷에서 본 말처럼 타인의 하이라이트 신과 나의 비하인드 신을 비교하는 것은 너무 무의미하다. 내 인생을 영화로 친다면 아직 러닝타임이 많이 남았다고 생각한다. 영화속 하이라이트 신은 보통 뒤에 나오니 내 하이라이트 신까지는 아직 한참 남았다. 그런데 나는 이야기가 전개되는 신을 찍고 있으면서, 자꾸만 다른 사람의 하이라이트 신을 보며 비교하고 자책한다. 친구들은 꿈을 찾아가는 나를 보며 멋있다는 말을 해줬지만, 그와 반대로 나는 하기 싫었던 일에도 잘 적응해가는 친구들이 더 멋있다. 나는 그럴 자신이 없는데, 하기 싫었던 일도 꿋꿋이 해내며 살아가는 친구들의 용기와 절제가 멋있다고 생각한다. 결국, 서로 가지지 못한 부분을 부러워하니 우리는 서로의 삶을 비교하는 게 의미가 없다. 그저 자신에게 주어진 신들을 열심히 찍으며 걸으면 된다. 꿈이 있든 없든, 우리의 영화에서 가장 중요한 신은 아직 오지 않았으니까.

지금 당장 내 인생이 구렁텅이에 빠진 것만 같고 모든 게 다 끝난 것만 같을 때, 우리는 잠시 그런 생각을 내려두고 차근차근 풀어갈 필요가 있다. 인생 스토리가 막을 내린 것 같아도 섣불리 내 마음을 몰아붙이지 말아야 한다. 아직 아무것도 끝난 것은 없고, 마음의 답답함으로 인해 생각이 짧아져 두려운 것뿐이니까. 당신의 인생을 영화로 친다면, 아직 그 영화의 러닝타임은 많이 남아 있다.

4부

예민한 만큼 거리 두기

그럼 너는 어떻게 해

우울이 사람을 삼킬 수 있음을 여기저기서 자주 접하다 보니 우울이라는 것이 참 무섭다는 걸 깨달았다. 언젠가 나도 직접 우울의 속에 들어가 무서움을 마주한 적이 있다. 우울이 가장 무서운 이유는 '아무것도 하고 싶지 않다'는 마음으로 모든 것을 포기하게 만든다는 것이다. 너무 힘이 들기 때문에 나 외에 다른 것들은 신경 쓸 여유가 없다. 그래서 점점 이기적으로 변해간다. 나는 그때 알았다. 남을 배려하는 마음과 상냥하게 대하는 태도도 마음의 여유로부터 나오는 거란 걸.

그때 나를 힘들게 한 요소는 굉장히 많았지만 그중 가장 의

외인 요소가 있다. 그것은 다름 아닌 '위로'였다. 내가 너무 힘이 드니 마음의 여유가 없어 친구나 지인을 만나면 그저 힘들어 다 놓아 버리고 싶다는 퉁명스러운 투정만 계속 늘어놓게 된다. 그리고 살고 싶지 않다는 무서운 말들도 계속 반복해서 그들을 자꾸 걱정하게 만든다. 그게 무례한 거란 생각조차 하지 못한 채. 가끔 우울이 심한 사람 옆에 멀쩡한 사람이 붙어 있다가 결국 그 우울이 전염되고 말았다는 얘기를 듣곤 했는데, 그게 바로 그런 이유인 것 같다. 정말 우울한 사람은 모든 것이 다 의미가 없고 귀찮은 상태이기에, 결국 어떤 말을 건네도 다시 우울이라는 제자리로 돌아오게 되어서 위로를 건네던 다른 사람마저 우울에 빠지게 만들 수 있다.

　지금 돌아보면 그것은 모두 구조 요청이었던 것 같다. 이루어지지 않음을 알면서도 나를 우울의 구렁텅이로 떠민 이 상황에서, 다들 그렇게 뻔한 위로만 건네지 말고 누구라도 내 손을 잡고 끄집어내 달라고, 내가 이렇게 죽을 것 같으니 누가 발 벗고 나서서 나 좀 구해달라는 그러한 신호. 그러나 그렇게 되지 못함을 알고 있는 속상한 SOS. 그리고 나는 그러한 신호를 띄웠을 때 아무렇지 않게 돌아오는 너무 뻔한 위로의 말들에 몹시 괴로웠다. 힘내라는 말, 언젠간 괜찮아질 거니까 조금만 더 버티라는 말, 너무 안 좋게만 생각하지 말고 긍정적으로 생각하라는 말. 이런 류의 말들은 어쩌면 지금의 나도 아무렇지 않게 쓸 당연한 위로의 말이지만, 그 당시의 나에겐 가장 무책임한 위로의 말, 지금 당장이 힘든 내게 가장 필요 없는 말로 들렸던 것 같다. 물론 그 말을 건넨 그들은 진심으로 내가 괜찮아지길 바라는 마음이었겠지만, 정작 내가 가장 괴로워하는 순간엔 내 옆에 없을 것을 알고 있었기에 더 쓸모없는 말이라고 생각했던 것 같다.

그러다 몇 년 뒤, 그 지옥 같던 우울에선 벗어나서 꽤 괜찮은 삶을 살고 있었지만 그 삶조차 조금씩 버거워지기 시작한 적이 있다. 조금씩 일상이 힘겨워지는 게 느껴졌지만 우울이란 게 얼마나 무서운 존재인지 알고 있던 나는 최대한 괜찮은 척했다. 그때에 비하면 이건 아무것도 아니라고, 또다시 우울이 내 인생에 틈타고 들어오지 못하게 최면을 걸며 버티던 때였다. 그런데 그런 나를 보며 누군가가 툭 하고 내뱉은 말에 나는 모든 최면에서 깨어나 눈물이 터졌다.

"그럼 너는 어떻게 해? 너 너무 힘들 것 같은데 그걸 버티고 있었어? 너 버겁지 않아? 나라면 그렇게 못 해. 너 진짜 괜찮은 거 맞아?"

그 말을 들은 순간, 내가 애써 최면을 걸어 둔 괜찮다는 거짓말이 한순간에 무너져 내렸다. 그랬다, 나는 힘들고 버거웠다. 그럼에도 이 정도 힘든 것쯤은 몇 년 전, 지옥 같던 그 우울에 비하면 양반이라며 애써 발버둥친 것이다. 그리고 상대의 눈엔 입으로만 괜찮다 하고 실상은 그렇지 않은 게 보였는지, 나보다 내 마음을 더 잘 알고 있었다.

카페에서 평온히 대화를 나누던 중 갑자기 터진 눈물이라, 눈물이 눈에 그득히 차오르는 걸 수습하는 데 진땀을 뺐다. 아무 생각 없이 건넨 말이었는데 내가 울음을 터뜨리니 상대도 적잖이 당황한 것 같았다. 그럼에도 내 귀엔 자꾸만 '너 너무 힘들 것 같다'는 말이 계속 귓가에 맴돌았고 그 마음을 알아주는 말에 눈물은 닦아도 닦아도 흘러넘쳤다. 이렇듯, 결국 내가 듣고 싶었던 것은 인정이었다. 내가 현재 힘들고 지쳤다는 사실을 누군가가 알아주고 공감해 주고 인정해 주는 말. 네가 지금 힘든 건 당연한 거고, 너의 힘듦과 우울은 네 탓이 아니라 지금 너의 주변 상황이 너를 그렇게 만든 거라는 말.

우는 나에게 굳이 고개를 들게 해서 저 먼 산을 바라보라고, 저 앞에는 괜찮을 거니까 저 앞까지만 어떻게든 가보라며 나를 밀어준 후 유유히 자신의 길을 가버리는 것보다, 고개 숙인 내 옆에 잠자코 앉아 등을 토닥여 주고 울고 싶은 만큼 울라고, 나 시간 많으니 천천히 너 하고 싶은 대로 다 하라고, 기다려 주겠다고. 여기까지 걸어오느라 나도 힘들었는데 넌 얼마나 힘들었겠냐고 하는 게 내게는 더 깊숙한 위로였다.

번아웃

요새는 '번아웃'이라는 말이 참 많이 들려온다. 다들 너무 많이 지쳐 있는 것 같다. 나는 열심히 살면 꼭 그 보상을 받으리라는 생각을 자주 했다. 그래서 열심히 살아야 한다는 글도 많이 쓰고는 했는데, 이제는 그런 글들도 무의미하게 느껴지는 것 같다. 나조차 힘이 드는데, 내가 누군가에게 섣불리 '이런 순간일수록 더 열심히 해야 된다'는 말은 더더욱 할 수가 없기 때문이다.

가만히 있어도 힘이 되던 존재들은, 팬데믹의 횡포에 다들 어디론가 숨어버린 것만 같다. 그 덕에 예전엔 스트레스를 어떻게 풀었는지, 무기력에서 어떻게 도망쳤는지 기억도 나지 않는다.

그저 아무것도 할 수가 없게 되어 버렸다. 일종의 슬럼프이겠거니, 하고 넘기려던 나는 어쩐지 '번아웃'이라는 말에 괜히 더 공감이 가는 것 같아서 그 단어를 마주할 때마다 멈칫하고는 한다.

'번아웃 증후군'은 '의욕적으로 일에 몰두하던 사람이 극도의 신체적, 정신적 피로감을 호소하며 무기력해지는 증상'이라고 한다. 어떤 일에 대한 포부가 높고, 전력을 다 하는 사람에게 온다고 한다. 다시 말해, 번아웃이 왔다는 것은 그만큼 내가 열심히 살았다는 증거가 될 수밖에 없다. 그러니 나 자신을 몰아붙이는 것을 잠시 멈춰야 한다는 방증일 수도 있다.

휴대폰을 계속 사용하다 보면 방전이 되고, 결국 충전을 해야 하는 시간이 온다. 또 수영장에서 수영을 하다 보면, 꼭 10분씩 휴식시간을 준다. 그렇듯이 어쩌면 번아웃은 내가 방전이 되었음을 알리는 알림 기능일지도 모른다. 휴대폰에서도 배터리가 20퍼센트 남았을 때, 10퍼센트 남았을 때, 5퍼센트 남았을 때 계속해서 휴대폰을 충전해야 함을 알리고, 수영장에서도 쉬는 시간이 되면 물 밖으로 나와 휴식을 취하라는 안내 방송이 나온다. 그런 것처럼 우리에게도 아직 걸어가야 할 인생은 많이 남았으니, 지금 방전되지 말고 잠시 쉬어가며 충전을 하라는 신호일지도 모른다.

정말 나를 위한 길일까

가끔, 아니 꽤나 자주. 내가 좀 더 끈질기고 끈기가 있었으면 했다. 더 독해져서 어떤 유혹 앞에도 흔들림 없이 내 계획대로 철저히 움직이는 사람이었으면, 하고. 그랬다면 그 수많은 것들을 놓치진 않았을 텐데. 그랬을 텐데.

그런데 어느 날 거울에 비친 나를 봤다. 이미 내 입술은 하도 깨물려 피가 통하지 않는 노란 입술 색을 하고 있었다. 얼마나 더 독해지고 싶어서. 그게 정말 나를 위한 길일까. 나를 망치면 서까지 다그치고 닦달하는 게 정말로?

나는 나 자신에게 가장 편협하고 자비가 없다. 그게 힘겨운데도 스스로에게 여유를 주는 것은 참 어렵다. 왠지 모르게 게으름을 피우는 것처럼 느껴지기 때문이다. 자신에게 관대를 베푸는 것이 어쩌다가 나태하고 나약하고 한심한 것이라 생각하게 된 걸까. 모든 것을 다 끌어안고 갈 수는 없다는 걸 알면서도, 놓친 것이 더욱 더 커 보이고 아쉬운 것은 그만큼 내가 더 열심히 하려 했다는 마음이겠지. 그러니, 잠시 주춤하면 그 자리에 앉아 잠시만 쉬어 가자. 쉬는 동안만이라도 걱정과 불안 모두 편안히 내려 두고서.

쉽게 잠이 오지 않는 새벽이면 자주 스스로를 토닥였다. 괜찮을 거라고, 오늘 하루도 그 불안함 속에서 잘 버텨냈다고. 모든 게 괜찮지 않음을 알고 있지만, 그 순간만큼은 그저 내게 쉼과 해방을 준다.

우는 건 어리광이 아니다

아주 가끔 운다. 아니, 울게 된다. 내가 내 마음대로 이제부터 울어야 한다 하고 우는 것이 아니라, 울음이 정말 '터져' 나온다. 그것은 대부분 정말 사소한 것에 의해 톡 하고 터져 많은 감정을 쏟아내곤 한다. 책에서 읽은 글 한 줄일 때도 있고, 영화의한 장면, 드라마의 대사 한 마디, 혹은 누군가가 날 향해 하는말일 때도 있다. 그것이 좋은 의미로 다가와 마음을 울려 쏠게하든, 마냥 나 같은 마음에 공감이 되고 마음이 저려 울게 되든, 정말 아무것도 아닌 것에 톡 하고 눈물의 양동이가 쏟아진다.

그렇게 울게 될 때, 나는 생각한다. 내가 내 생각보다 괜찮지 않았던 거구나, 하고. 나 말고 다른 사람들도 보통 이 정도는 힘들게 살아간다고 여겼다. 그래서 세상살이 힘든 거야 알고 있지 않나 하며 나의 힘듦과 외로움을 괜찮다고 애써 넘기고 있었는데, 실은 그러면 안 된다고 알려주는 신호인 것 같다. 이 정도는 괜찮다며 계속 우기고 있는 나에게, 이미 슬픔과 힘든 것이 찰박찰박 경계선까지 차올라 비워 줘야 한다고 예고하는 것이었다. 그래서 그때엔 아주 사소한 것에도 왈칵 쏟아져 내린다. 정말 별것 아닌 일에서. 너의 슬픔이 넘칠 것 같으니 더 위험하기 전에 여기서 쏟아내고 가라고. 마음이 그렇게 알려준다.

그렇게 한바탕 크게 울고 나면, 정말 신기하게도 슬픔으로 꽉 막혀 정체되어 있던 마음의 길들이 해소된다. 나는 괜찮지 않다는 사실도 깨닫고, 막혀 있던 길 때문에 들어오지 못했던 용기라는 것들이 점차 마음속으로 들어오게 된다. 그리고 속이 아주 후련해지며 나 자신의 감정을 똑바로 마주할 용기를 얻는다. 그럼 다시 한 번 열심히 해봐야겠다는 생각도 굳게 먹게 된다.

예전에는 내가 어떤 것으로 인해 울게 될 때, 울지 말라며 다독여 주는 게 맞는 거라고 생각했다. 울지 않아도 너는 잘하고 있다고, 그러니까 괜히 슬프게 울고 있지 말라는 말로 들려서. 그렇지만 이제는 나의 울음을 용인해 주는 듯한 말들이 더 위

로가 된다. 울어도 된다고, 힘들 땐 울어서 그 감정을 털어내야
한다고. 얼마나 힘들었냐고, 얼마나 힘들었으면 이렇게 눈물을
흘리냐고. 잘 하고 있어서 그런 거니까, 더 크게 울고 다 쏟아
버리라고. 그런 말들이 더 힘이 되는 것 같다.

　어느 순간부터는 나이가 들어 눈물을 흘리는 것이 부끄럽고
창피해서 들키고 싶지 않은 것이 된 것 같다. 그러나 나는 사람
들이 눈물에 좀 더 친숙해지면 좋겠다. 그만큼 우울하고 힘들
어하라는 말이 아니라, 나 자신의 감정에 솔직해지고 나의 힘
듦을 스스로 알아주고 슬픔의 둑을 자주자주 비워 줬으면 좋겠
다. 자꾸만 꾹꾹 눌러 담아서 더 표현할 길 없는 깊은 우울의
덩어리가 되지 않도록 자신을 위로했으면 좋겠다. 눈물은 내가
나 자신을 위로하는 방법이다. 아무도 몰라주는 나의 힘듦을
나 자신이 알아주면서 터지는 신호이다. 그러니 너무 울고 싶
은 날이 오면, 주저 없이 울고서 털어 버리면 좋겠다. 비 온 뒤
에 땅이 굳어지듯, 힘들고 메마른 마음에도 눈물의 단비가 내
리면 더 단단해지고 성숙해져 있을 테니까. 힘들 때 우는 것은
어리광이 아니라, 오히려 더 성숙해지는 삶의 과정일 뿐이다.

우울 객관화 작업

　요새는 우울해질 때면 눈을 감고서 '우울 객관화 작업'을 한다. 우울 객관화 작업은 우울을 다스리는 나만의 방법인데 우울의 이유를 좀 더 차근차근 생각해 보고, 그 우울과 나와의 연관성을 재어 보며 나와 우울을 분리시키는 작업이다.

　나는 한 번 우울한 감정이 들면 잉크 한 방울에 투명했던 물이 점점 물들어 가듯 내가 더 우울해야만 하는 이유를 꺼내오며 깊이 빠져든다. 굳이 지금의 우울과 관계없는 과거의 안 좋았던 기억들, 자그마한 실수들을 모조리 떠올리고서 내가 원래 이렇게 바보 같고 부족하다며 자책한다. 또, 그래서 나는 매사 모든 게 잘 안되고 안 풀리는 거라고 자기 비하도 하곤 한다. 우울 객관화 작업은 바로 이런 자기 비하의 반복으로 자존감이 점점 낮아지는 나에게 스스로 행하는 나만의 방법이다. 이 우울의 감정이 전적으로 모두 나에게 책임이 있다는, 그런 좋지 않은 생각을 분리하기 위함이다.

눈을 지그시 감거나 텅 빈 노트를 펼쳐 두고서 내가 현재 왜 이런 우울한 생각까지 하게 됐는지 스스로에게 물어보고, 또 그에 대한 답변을 일말의 거짓이나 숨기려 하는 죄책감 없이 아주 솔직하게 대답한다. 그렇게 내가 현재 왜 우울한지, 그 감정의 원인에 대해서 타고 올라가다 보면 그 이유가 의외인 경우가 많다. 내가 생각한 것보다 그리 심각한 문제가 아니거나, 내가 어찌할 수 없는 문제라든가, 그저 무언가를 원하고 있는데 그것을 손에 넣지 못해서 오는 욕심의 문제도 있다. 예를 들면 날이 습해서, 혹은 배가 고프거나 잠을 설쳐서 그것도 아니면 좋아하는 사람이 있는데 그 사람에게 답장이 느리게 온다거나 하는 그런 이유.

요 몇 달간 나는 또 내 인생에 획을 그을 정도로 꽤 두꺼운 우울이 머물렀다. 그럴 때마다 눈을 감고 생각해 보면 그 이유는 내가 어찌할 수 없는 바이러스의 문제와 사회적인 분위기, 또 길고 강한 장마 탓인 경우가 대부분이었다. 평소에 나만의 방법이라며 스트레스를 풀던 방식들도 모두 바이러스 때문에 실천하지 못하고 있었다. 그러니 평소보다 무기력을 더 길게 느끼고 예민해져 있는데, 내가 원하는 인생은 따로 있고 그 방향대로 살지는 못하고 있으니 미래가 더욱 불안해져서 일어나는 우울이었다. 또한, 요새는 나뿐 아니라 내 주변 사람들과 대화해 보면 그들도 나와 같은 우울이나 무기력을 경험하고 있었다. 그래서 누군가에게 쉽게 위로를 바라기도 어려운 상황이다 보니, 평소보다 짙고 두꺼운 우울이 내게 드리워져 있었다.

예전에는 이런 우울이 지속되면 모든 것을 내 탓으로 돌리고 자기 비하를 했을 텐데, 요즘은 우울 객관화 작업으로 내가 못나거나 능력이 없어서 그렇다는 자책은 한 켠에 구겨 둔 채 무시하려 한다. 나 자신에게 윽박지르지 않으며 소중한 이에게 말하듯 이 우울은 네 탓이 아니라고 말해 준다. 지금 널 둘러싼 환경이 널 그렇게 예민하게 만들고 힘들게 하지만 너는 충분히 그걸 이겨낼 수 있는 사람이라고. 그렇게 따듯한 말을 스스로에게 해주기 위해 나는 우울한 감정이 들면 눈을 지그시 감아 본다.

마음 근육

마음의 근육이 점점 상실되고 있다. 이런 일 저런 일을 겪고, 듣고 싶지 않은 얘기들에 파묻혀 나 자신을 지켜내는 마음의 근육들이 점점 손실되어 가고 있었다. 마음의 근육이 소실되면 나는 나 자신에 대한 믿음과 자존감을 가장 먼저 잃는다. 그러면 대수롭지 않게 넘길 수 있었던 일도 모조리 내게 와 걸려 넘어지는 것 같고, 나는 가만히 있는데도 세상은 나를 계속 들쑤시는 것 같은 예민함이 그 자리를 꿰차고 앉는다. 모든 것에 쉽게 지치고 쉽게 무너진다. 다른 사람의 위로도 그저 뻔한 말, 형식적인 말로 들리기도 하고, 세상을 향한 시야가 좁아져 점점 나밖에 생각하지 못하는 사람이 되어 간다.

그러면 나는 마음의 바닥 결을 만지며 스스로 작은 약속을 하나씩 세운다. 그리고 내 무너진 자존감을 일으켜 세울 수 있도록, 아주 사소한 약속들부터 지켜 나가며 스스로 괜찮을 거라는 말을 지속적으로 해 줘야 한다. 이제껏 매일 불안해하면서도 여기까지 걸어온 것처럼 앞으로도 잘할 수 있을 거라고. 그러니 지금 이 순간도 괜찮은 거라고. 스스로에게 말해 준다.

친구가 한껏 우울한 목소리로 전화를 받으면 무슨 일 있느냐며 걱정이 잔뜩 서린 말투로 질문을 하는 것처럼, 집으로 돌아오는 길에 버스 창가에 기대어 스스로에게 물어보곤 한다. 내 감정을 오롯이 느껴 보고 오늘 하루는 어땠냐고, 괜찮았냐고. 조금 우울한 것 같으면 그 우울이 왜 찾아온 건지 스스로를 걱정해 본다. 그렇게 스스로의 마음 근육을 키워 본다. 자꾸만 찾아오는 힘겨움에 자리를 내어주지 않고 버티기 위해 그 자리에 굳게 설 수 있는 마음을 키워 본다.

기억 용량 초과

"너는 어떻게 그런 것까지 다 기억을 해?"

내가 자주 듣는 말이다. 어릴 적엔 유난히 암기 과목에 두각을 나타내기에 그냥 기억력이 좀 좋은 편이겠거니 하면서 넘겼던 나의 특징이다. 그리고 더이상 공부를 하지 않은 때부터는 그 기억력이 나 자신에 대한 것을 기억하는 데만 쓰였다. 그리고 그런 말을 들을 때마다 이제 나는 그러려니 하며 슬쩍웃어 보이고는 속으로 이렇게 생각하곤 한다. 그러게, 난 어떻게 이런 것까지 다 기억을 할까. 잊어버릴 건 이제 좀 잊어버렸으면 좋겠는데.

지우고 싶은 기억까지 다 기억하고 있다는 것은 꽤 괴롭다. 창피를 당했던 기억, 본의 아니게 다른 사람에게 눈치 없이 굴어 상처를 준 기억, 누군가에게 매몰차게 거절을 당했던 낯뜨거운 기억, 무참히 비난을 받던 기억까지 전부 생생히 기억 속에 새겨져 있으니까. 그것은 마치 연필로 꾹꾹 눌러 써서 그 자국이 그대로 남은 글을 지우려고 하는 것과 같다. 아무리 지우개로 문질러도 새겨진 자국 때문에 소용이 없다. 그게 너무 창피한 글이라 절실히 숨기고 싶은데도 말이다. 그래서 그건 마치 저주와도 같다. 그때 그 기억으로부터 멀어지고 싶어 아무리 내달려도 벗어날 수 없는, 그 순간으로부터 단 한 걸음도 멀어지지 못하는 저주.

스무 살에는 무엇을 하며 일상을 보냈고, 누구와 친하게 지냈으며, 내 주 관심사는 어떤 것이었고, 어떤 이를 좋아하고 있었는지. 스물한 살에는 어떤 일로 상처를 받았고, 어떤 말에 울었는지. 스물두 살 때는 좋아했던 한 사람 때문에 얼마나 마음을 끓이고, 그 사람과 처음 나눈 대화는 무엇이었는지. 마치 컴퓨터에 폴더를 나누어 파일을 차곡차곡 정리해 둔 것처럼, 연도별로 아주 생생하게 기억이 저장되어 있다. 그로 인해 3년 꼴로 내게 힘든 일이 찾아온다는 징크스와, 매번 내 생일이 끼어 있는 2월에는 그다지 기분이 좋지 않다는 사실, 내가 노래를 언제 그만두었고 또 언제부터 글을 업으로 삼아야겠다고 생각했는지 나는 전부 기억하고 있다. 심지어 어떤 기억은 계절과 날짜까지 기억하고 있을 때도 있으니 참 기구한 특징이 아닐 수 없다.

가끔 그래서 내 머리는 용량이 꽉 차버린, 배터리 수명도 다 닳아 버린 뜨거운 핸드폰 같을 때가 있다. 그것도 아주 오래된. 차라리 핸드폰은 어떤 것은 삭제해 버리고 어떤 것은 남겨둘 지 생각하며 용량을 다시 만들어 낼 수도 있지만, 내 머릿속의 기억들은 도무지 지워낼 방도가 없다. 그저 모두 끌어안고 살 아가야 하는 운명인 것이지. 꽤 자주 '이러다 내가 방전돼 버리 면 어떻게 되는 걸까' 하는 생각도 든다. 더이상 어떤 기억들을 소환할 여력도, 기억을 계속 끌어안고 있을 자신도 없다. 영화 〈인사이드 아웃〉에선 장기기억들은 어딘가로 버려져서 사라지 기도 하던데, 내게는 그 버려지는 기억의 매립지가 아주 좁고 느려터진 게 분명하다. 그렇지 않고서야 이렇게 생생히 기억할 리가 없을 텐데.

그래서 이제는 최대한 좋은 기억으로 남길 수 있는, 그런 일 들이 일어났으면 좋겠다. 힘들고 괴롭고 우울한 것들의 저장소 에는 이미 많은 것이 차고 넘쳐서 이제 더이상 들어갈 자리도 없다니까. 그에 비해 턱 없이 부족한, 즐겁고 마음 편하고 몽글몽글 따듯하며 부드러운 기억들이 더 늘어나기를. 좋아하는 사람에게 무참히 마음이 쏠린 기억은 너무 많아서 감당할 자신이 없으니까. 이번의 사람은 부디 나를 울리지 않았으면, 내게 좋은 기억을 남겨줄 수 있는 사람으로 내 곁에 남아 주기를. 이제는 그렇게 간절히 바라곤 한다. 이 기억의 용량을 모두 소중한 사람에게 낭비하고 싶으니까.

착한 사람

    착하고 다정한 사람을 좋아한다. 누군들 그런 사람을 싫어하겠나 하겠지만, 그것은 나의 이상형이며 내 주변 지인들은 내가 좋아하는 사람을 두고서 '난 저렇게 걱정스러울 정도로 너무 착한 사람은 싫다'고 그를 좋아하는 나를 신기하게 보기도 했다. 그를 떠올리기만 해도 올라가는 내 입꼬리를 보고선 그가 왜 그리 좋은 거냐 묻는 사람이 많았다. 그럼 나는 주저 없이 '그가 정말 착해서'라고 답했다. 그럼 그 말을 들은 사람들은 그게 그 사람을 그리 좋아할 이유가 되느냐고 되물었다.

    솔직히 나도 어렸을 적부터 착한 사람을 좋아하긴 했으나 주위 사람이 걱정할 정도로 심하게 착한 사람은 좋아하지 않았다. 그런데 몇 년간 많은 사람을 만나고, 끊어내고, 연락하고, 그만두기를 반복하다 보니 재고 따지며 불안하게 만드는 사람은 신물이 났다. 내 이십 대 초반의 사랑은 마치 건드리면 부서질 것처럼 위태로웠다. 연락이 조금만 늦어도 불안해하고, 상대방의 계산된 의미심장한 말 한 마디에 매달려 밤을 꼬박 새우고, 언제 그 마음이 변할까 두려워 눈치를 보는 그런 것들이었다. 그러나 이젠 그런 게 연애라면 아니, 물론 초반에나 그렇고 차차 괜찮아진다 해도 그런 연애라면 시작조차 하고 싶지 않았다. 물론 그저 심성이 착하고 다정한 사람도 그렇게 밀고 당기고 나를 애태울 수도 있겠지만, 그런 이들은 내 이상형의 범주 안에 있는 착함과 다정함을 갖춘 이들이 아니다. 내게 그런 사람은 착함의 탈을 쓴 채 싸한 느낌을 풍기는, 더욱 더 경계해야 할 대상일 뿐이다.

누군가 내게 묻는다. 지금 좋아하는 사람이 착하고 좋은 사람인 건 알겠는데, 그래도 저렇게 마음이 여리고 눈물도 많고 다른 사람 말을 들어주느라 자신의 의견을 내려놓는 사람을 왜 그리 좋아하느냐고. 그럼 나는 대답한다. 그러한 점이 내가 그에게 느끼는 매력이라고. 그는 사소한 것에도 감동받아 눈물을 흘릴 줄 아는 넓은 마음을 가졌고 누군가의 슬픔, 괴로움에 함께 울어줄 수 있는 공감 능력을 가진 사람이다. 또, 다른 사람의 말을 들어주기 위해 자신의 생각을 내려놓을 줄 아는 넓은 포용력을 가진 사람이며 어정쩡하게 착한 사람이 아닌, 보고 또 봐도 한결같이 선한 사람이다. 마음이 여리고 눈물이 많다는 것은 착한 사람을 좋아하는 나에겐 장점으로 통한다. 오히려 누군가의 마음을 재느라 자신의 감정을 숨기고, 울지 않는 것을 강하다고 생각하고, 다른 사람의 말은 무시한 채 자기 생각만 밀어붙이는 사람보다 더더욱 매력을 느끼게 된다.

　그 사람은 내 아픔에도 깊이 공감하며 함께 울어 줄 수 있고, 누군가의 마음을 먼저 생각하는 배려심으로 내 마음을 먼저 상하게 하지 않을 것 같다. 그래서 늘 믿음직한 모습으로 언제나 나를 안심시켜서 연락이 늦어도 불안하지 않고 애태우지 않을 수 있을 것 같다. 우리 둘 사이에 공통점을 발견하면 그 특유의 순수함으로 보물찾기 게임에서 보물을 찾은 아이마냥 즐거워하며, 그것을 잠시 기억해 두었다가 섬세한 마음으로 나와 관련된 사소하지만 귀여운 선물을 할 것만 같다. 그리고 나 또한 그 모든 것을 해주고 싶은 마음이 벌써부터 생겨서, 나는 이제 착하고 다정한 사람이 아니면 차라리 쭉 혼자를 고수할 것 같다. 아마 이 마음은 더이상 감정 소비를 하고 싶지 않은 마음에서 오는 것들이겠지만.

사랑의 형태

예전엔 사랑이 어떤 형태인지 알다가도 모르겠다 생각했다. 그런데 이제는 조금씩 알 것만 같다. 봄의 첫 꽃봉오리를 터뜨리는 것마냥 새로운 감정일 줄로만 알았는데, 그것보단 조금 더 조심스럽고 다정하고 느릿하지만 단정한 느낌이었다.

잠든 너의 머리맡으로 흘러갈 시간이, 감아 내린 눈 위로 쏟아질 꿈들이, 조금은 말갛고 투명했으면. 자꾸만 오지 않는다며 투정 부리게 만들던 잠이 오늘은 너의 곁에 무사히 도달하기를. 두 다리 쭉 뻗고 잠들 수 있을 정도로 편안한 밤이 되어, 미소를 지으며 잠들 수 있기를. 그게 잠들기 전 신께 올리는 나의 새벽

기도가 되는 것. 그것이 요즘 알게 된 사랑의 형태이다.

　네가 날 사랑하는 마음은 한낮의 뜨거움이 아니었으면 좋겠다. 한낮의 뜨거움은 그늘이 드리워지면 금세 온도를 빼앗기고 만다. 그러니 부디 빨리 식지 않길 바란다. 너와는 조금은 재미가 없고 재치가 없더라도 그저 말없이 곁을 지켜주고 싶고 살랑거리며 서서히 물들어 가는 것을 선택하고 싶다. 이런 것이 더욱 더 '사랑'이라는, 발음하기만 해도 입안 가득 사랑스러움이 굴러다니는, 그 단어에 더 어울리지 않을까.

　오늘 너의 꿈엔 내가 마중을 나갈 수 있었으면 좋겠다. 네가 잠으로 들어오면 종종걸음으로 네게 다가가 널 기다리고 있었다고, 오늘 하루도 수고했다고 차분히 너의 머리를 내 무릎에 올린 채, 푹신푹신한 말들을 골라 건네주고 싶다. 예쁘게 휘어진 네 눈웃음을 그대로 닮은 얼굴을 하고서. 그래, 그게 바로 나에겐 사랑이란 것인가 보다.

흠집이 난 사람

　알고 보면 세상에 사연 하나 없는 사람은 없다지만, 그래도 나는 여전히 너무 사랑만 받고 자란 완벽한 사람보다는 여기저기 흠집이 난 사람이 좋다.

　어렸을 적 학교에선 인생 그래프를 그려 보란 시간이 종종 있었다. 나는 그 인생 그래프가 원만한 사람보다는 오르락내리락 곡선이 그려진 사람, 그러나 그 굴곡들을 훤히 드러내고 다니지 않는 사람, 자신의 아픔을 내세워 게으름을 합리화하지 않는 사람이 좋다. 옆에 다가서면 너무 눈이 부신 빛에 내 흠이 드러날까 도망가고 싶은 사람이 아니라, 내 흠을 보고도 가리지 말라고 자신도 똑같은 흠이 있다며 자신의 이야기를 들려주는 사람. 너만 그런 게 아니니 안심하라며 토닥여 주는, 그런 사람.

　사람은 자신이 아무리 생생하게 묻고 대답을 들어도 그것을 직접 보거나 자신의 일로 겪어보지 않고선 모른다. 아픈 일을 겪어 본 사람이 다른 사람도 얼마나 아플지 가늠을 하고, 아주 밑바닥까지 떨어져 본 사람이 더 진심 어린 위로를 건넬 테니. 깨끗하고 단정하게만 자라서 내 흠을 이해하지 못할, 주기적으로 찾아올 내 우울을 가만히 기다려주지 못하고 닦달할 사람보다는 이런저런 아픔으로 여기저기 흠이 났지만 깨끗하고 단정하게 보이려 노력하는 사람. 그 일들로 자신을 더 알게 되고 성장시킬 줄 아는 사람. 그리고 그런 자신과 똑 닮은 나를 보며 이해해 주고 인정해 주고 함께 이야기하며 어두운 밤길을 걸어줄 수 있는 사람. 그게 연인이든, 친구이든 지인이든 이제는 이런 사람이 좋다.

너를 알게 되기까지 나는 정말로 너무 힘들어서 자주 울었고, 대체 얼마나 좋은 사람이 오려고 이리도 괴로운 거냐며 신께 하릴없이 하소연을 늘어놓았다. 대체 왜 나만 이렇게 힘든 사랑을 주시냐고 따지고 싶었다. 그리고 여전히 너라는 사람 또한 내게는 너무 감당하기 힘든 사랑이기도 하지만, 지금까지 신께서 널 만나게 하기 위해 이런 시간을 견디고 버티게 하신 거라면 지금까지 힘들었던 일들을 백 번이라도 다시 반복할 수 있다는 생각까지 했다. 그 끝이 너라면, 네가 내 옆에 있다면. 그까짓 일들 다시 겪을 수 있다고, 이게 바로 사랑이라고 진득하게 느낀다.

눈빛

유난히 사람을 잘 재는 나는, 이 사람이 내게 어떤 마음을 품고 있는지 잘 알아차리기도 한다. 그럴 때엔 눈빛을 보는 것이 가장 중요했다. 아무리 꾸며내고 위장하고 연기를 해도, 그 사람의 진심은 눈빛에서 나온다. 가만히 그 사람을 몰래 들여다보고 있으면 0.1초 정도의 찰나에 지어지는 표정과 눈빛에 그 진심은 다 드러난다.

너의 눈빛에는 단 하나의 티끌도 없었다. 네가 무언가를 바라보고 그것이 퍽 사랑스러웠는지 환하게 웃고, 그것이 스쳐 지나갈 때까지 시선을 떼지 못하고, 또 다른 무언가를 바라볼

때에도 여전히 진심뿐이었다. 여기저기 떠도는 미사여구처럼, 네 눈이 깊어 보였다거나 맑은 호수 같다고는 하지 않겠다. 하지만, 그 눈에 무언가가 담기면 네가 그것을 생각하는 마음이 눈빛으로 다 표현이 된다. 거짓은 단 1그램도 포함되지 않고, 진심만을 담은 눈빛 같았다. 너를 들여다보고 있으니 '어쩜 저렇게 짧은 시간에도 모든 사물을 대하는 데 진심일까. 저러다가 그 순수함을 잡아먹으려는 불결한 눈빛이 다가오면 어쩌려고' 하는 생각도 들었다. 그렇지만, 여전히 그 순수함과 순진무구함이 내 손목을 꽉 붙잡는다. 잠시 맞닿은 눈빛에도 다정함이 그득히 담겨 있던 그 눈빛이. 그래, 결국 난 그 눈빛에 널 좋아하고 그 눈빛에 널 사랑하고 그 눈빛에 사로잡혀 절대 벗어나지 못하고 있는 거겠지.

아무리 눈꺼풀 위로 예쁘게 모양을 잡고, 색색의 알록달록한 빛깔들로 치장을 해도, 눈빛은 어찌할 수가 없다. 바꿀 도리가 없다. 눈빛은 그 사람의 마음을 비추는 거울과도 같다. 거울을 아무리 닦아내도 더러운 물건을 비추면 더러운 것만 보이는 것처럼, 불결한 눈빛을 바꾸려면 먼저 마음을 닦아야 한다. 마치 빨래를 하듯이 뜨거운 물에 넣어 박박 씻어내고 햇볕에 쫙 말리고 반들반들 윤이 나게 닦아 다시 집어넣어야 한다. 사람의 눈빛으로 그 사람의 평소 행실이 보이고, 아무리 연기를 해도 아주 찰나의 시선과 그 속에 담긴 의미들까지는 지워낼 수 없다. 그래서 난 더욱, 네 눈빛을 보게 되었다. 착함을 넘어선 선한 눈빛, 다정함이 그득히 담겨 있고, 누군가에게 배려를 넘치게 주고 싶어하는 진심 어린 눈빛, 사랑스러운 것을 사랑스럽게 바라보고, 아닌 것엔 단호하게 부정할 수 있는 선명함을. 너의 모든 시선이 내게 닿아 너를 이다지도 사랑하게 되었다.

봐도 아무 느낌 없던 네 눈이 휘영청 예쁘게 휘어지고, 올라가는 네 입꼬리의 각도마저 황홀하고, 네 눈가에 선명히 패이는 주름이 해사했다. 이제는 내가 너에게 그 매력들을 갈망할 정도로, 네 혁명은 성공했다.

숙제

어느 순간부터는 사랑에 빠지는 게 미뤄 둔 숙제같이 느껴지곤 했다. 다른 사람들은 연애를 어쩜 저리 쉽게 시작하는 걸까. 아마 저렇게 잘 헤어지고 잊고 또 새로운 사람을 잘 만나고 잘 받아들이는 걸 보니, 나만 이렇게 환상에 젖어 있는가 보다 하고 생각하게 됐으니까.

그렇지만 역시 나는 여전히 아무나 만나고 싶진 않았다. 아니, 아무나 만날 수가 없었다. 어렸을 적의 사랑들은 뭘 잘 모르니 간이든 쓸개든 다 퍼줄 정도로 나만 혼자 애달아하기도 하고, 민망한 줄도 모르고 왜 나를 좋아해 주지 않느냐며 하소연하기도 하고, 돌아오지 않을 상대의 뒷모습에 돌아오라며 매달리기도 했다. 그렇지만 이젠 그 모든 것도 다 경험을 했으니 더더욱 다시는 그러고 싶지 않았다. 다시는 그런 상황으로 몰아가지 않을 사람을 찾고 싶었다.

그러다 보니 재고, 재고, 또 재고 호감이 생기다가도 약간의 흠을 발견하면 생겼던 호감마저 아주 빠르게 식어 버린다. 타오른 적도 없으면서. 그렇게 내 사랑을 가만히 곱씹고 있다 보면 한없이 억울해지기도 했다. 나는 더이상 사랑으로 너덜너덜해지고 싶지 않아서 더 신중하고 싶은데, 그리 쉽게 만날 수가 없는 건데. 주위를 돌아보면 나만 오롯이 혼자인 것 같고, 주변 사람들도 마치 나를 '아무도 좋아해 주지 않는 매력 없고 외로운 사람' 취급을 해서 서럽기도 했다.

그래도, 그래도. 여전히 나는 그 숙제를 미룰 수밖에 없다. 이렇게 숙제를 미뤄도 그나마 자부를 느끼는 것이 있다. 그래도 지금껏 내가 만났던 사람들은 '괜찮은 사람'이라는 평판을 듣는 사람이었다는 것. 그래서 주변 사람들도 나에게 '넌 사람을 잘 꿰뚫어봐서 알아서 좋은 사람 잘 고를 테니 너의 연애는 걱정하지 않는다'는 말도 많이 들어 익숙하다는 것. 그건 지금껏 내가 쥐고 있던 사랑을 놓을 때마다 그 사랑들이 '내 인생에 이런 행운 같은 사람을 또 만날 수 있을까' 하는 마음이 진득하게 드는 사람이었기에 더욱 그랬다. 그만큼 내 인생에 특별한, 나를 특별하게 만드는 사람들이었기에.

그리고 여전히 나는 그런 사람이 아니면 마음을 쏟을 수 없다. 아무나 만나기엔 내게 찾아올 내 사랑에게 잘해 줄 준비가 되어 있고, 그만큼 자신이 있으니까. 이렇게 값지고 가치 있는 낭만을 아무에게나 낭비할 수는 없으니까.

그래, 나는 네 앞에만 서면 한없이 소심하고 작아지고 나약해지곤 해. 가끔은 그러면서도 괜히 오지 않는 너를 생각하다 혼자 울적해지고 공연히 아무것도 모르는 네가 미워지기도 한다. 나는 이렇게나 아픈 새벽을 보내는데, 너의 새벽은 참 평온하기만 하구나.

사랑의 이면

사랑이란 건, 나를 파괴하려고 존재하는 걸까 하는 생각이 든다. 내가 좋아하는 사람이 나를 좋아할 확률은 적다. 그래서 수많은 감정들이 짓밟히고 찢긴다. 그럼에도 누군가를 좋아하는 걸 그만둘 수 없다. 내 마음처럼 내 마음대로 안 되는 것도 없는데, 힘들어 죽을 것 같으면서도 그 사람의 옷자락을 늘어지도록 붙잡고 있는 건 무엇 때문일까. 내가 가장 이해하지 못하던 사람들의 행동을 스스로 하게 만들고, 술이나 마약처럼 내 몸속에 무언가를 욱여넣지도 않았는데 이리 강력하게 이성을 마비시키는 게 사랑 말고 또 있을까.

호의와 배려가 세상에서 가장 잔인한 것이 되는 슬픔. 잘해주고 다정한 사람을 좋아하는 내겐, 정작 그런 사람이, 가장 경계해야 할 대상 일순위에 오르곤 한다. 저 상냥함이 나를 우울의 구렁텅이로 밀어버릴 수도 있다는 것을 너무 잘 알고 있기 때문이다. 때론 직접 말하지 않아도 그 사람이 내게 짓는 눈빛과 표정, 분위기들이 대답할 때가 있다. '내가 너에게 다정하게 굴지만, 너를 좋아해서 그런 건 아니야'라고 말이다. 불길한 마음은 왜 그리 잘 맞아떨어지는지. 아마 그래서 진실을 마주하는 게 두려워 네 앞에서만 그리 떠는지도 모르겠다. 이 순간에도 마치 나에게만 그러는 것처럼 행동하는 게 미치도록 싫은데, 그렇게 미운데도 왜 더 매달리게 되는지.

그냥 너도 날 좋아해 주면 안 되나. 어느새 내가 널 이렇게나 좋아하게 되었는데. 내가 세상에서 널 가장 좋아할 사람이라고 자신할 수 있고, 누구보다 잘해줄 자신도 있는데. 그냥 눈 딱 감고 나를 좋아해 주면 안 되나 하는 이기적이고 못된 생각을 하게 만든다, 너의 그 다정함이.

가끔 마음이란 건 이렇게 참 제멋대로 굴어서, 난 분명 행복해지고 싶다고 하는데도 혼자 혼동해서 우울의 구렁텅이로 방향을 튼다. 이 길의 끝에 무엇이 기다리고 있을지 대충 알고 있으면서도 아니라고 우기면서 제 갈 길을 간다. 그럼 나는 결국 못 이기는 척 그대로 따라가기 마련이다.

당신과 만든 티끌같이 작은 추억 하나에도 그 작은 것을 불씨 삼아 아침까지 홀랑 태워 버린다. 여전히 너를 내내 바라기만 하는, 폭삭 네게로 무너진 나약한 새벽이다.

나를 잘 모르는 사람을 만나고 싶다

　예전엔 누군가에게 어떤 것을 설명하거나 나의 일화 등을 말해주는 게 정말 재미있었다. 그 일이 일어난 시작부터 어떤 생각과 감정을 느꼈고 결국 어떤 결말을 맞이했는지. 모두 설명해 주고 상대의 반응을 살피는 것도 좋았다. 그렇지만 이제는 그것 또한 너무 지친 것 같다. 요새는 누군가가 무엇을 물어봐도 머쓱한 웃음으로 그저 넘긴다거나, 나의 감정들을 빼고 사실만 축약해서 얘기할 때가 많다. '굳이'라는 생각이 마음 깊이 박혀서 어떤 것을 길게 설명하기엔 그저 입만 아플 것 같다.

　나이가 든다는 것은 이렇게 모든 것에 지루함을 느끼고, 지겨워하고, 흥미를 잃어가는 걸까. 나보다 더 많은 날들을 살아온 이들에겐 이런 말이 어이없게 들리겠지만 확실히 내가 세상을 대하는 태도가 점점 나태해지는 것 같다. 그래서 주변의 일들에 무덤덤하고, 웃고 가슴 설레는 일이 손에 꼽을 정도로 줄어들었음을 느끼게 된다. 예전엔 그래도 인생에 재미없는 시기가 어느 정도 주기를 두고 오는 느낌이었는데, 이제는 오히려 반대이다. 매일이 지루하고 새로운 일들이 느리게 온다.

조금은 낯설고 새로운 일들이 일어났으면 한다. 새로운 누군가가 내 인생 반경에 출현했으면 좋겠고, 나는 어서 그 반경 내로 들어가 그 사람을 포획해 오고 싶다. 내 옆에 두고 싶다. 나에 대해 아무것도 몰라 알아가고 싶다는 이에게, 흥미에 찬 표정으로 내 얘기를 해주고 싶다. 또한 그가 살아온 이야기도 모두 듣고 싶다. 그런 대화의 시간은 지친 내게 비타민과 같이 활력을 불어 넣어줄 것이다.

기어이, 기어코

    기어이, 기어코라는 단어를 꽤 좋아한다. 그 세 글자에는 오래 전부터 무언가를 간절하게 품고, 어떤 반대나 시련에도 이루어 냈다는 의미가 담겨 있으니까. 물론 부정적으로 쓰이면 꼭 그렇지만도 않겠지만. 그래서 난 적어도 그 말들이 기어이 그 일을 해내고 말았다든가, 기어코 둘이 사랑하게 되었다든가 하는 문장에 쓰이길 바란다.

    어떤 마음을 품고 그대로 무언가를 유지한다는 건 참 이토록 힘겹고, 공들여 만들 미래를 약속하는 것과 같다. 기어이 당신의 꿈과 기대를 이뤄냈음 좋겠고, 기어코 당신은 어여쁜 사랑을 만나길. 그 미래를 부디 당신의 새벽과 손가락 걸고 약속하기를.

인생은 개인전

꽤 슬프고 씁쓸하지만, 인생은 나 혼자만의 싸움이라는 말에 동의하곤 한다. 너무 힘들고 괴로울 때 누군가 요술봉을 휘둘러 나를 구해 주길 간절히 원하지만, 정작 그런 도움은 일어나지 않는다. 아마 살아가며 종종 마주하는 외로움들은 그런 종류가 아닐까 하고 생각한다. 그러나 결국 모든 싸움은 나의 몫이다. 스스로 그 고민을 깨고 걸어가야 한다. 아무도 나 대신 그 고민을 해결해 주지 못한다.

물론 누군가는 힘들어하는 내게 위로와 격려의 말을 건네어 주기도 하겠지만, 그 말을 받아들이고 다시 일어설 의욕을 되찾는 것 또한 나의 몫이다. 아무도 나 대신 아파해 주지 않고, 궁지에 몰린 내게 히어로처럼 어디선가 나타나 나를 끌어내 주지 못한다. 보란 듯이 좋은 기회들을 코 앞에 대령해 주지도 않는다. 그건 반대로 생각해 보면 된다. 내가 힘든 만큼 그들도 그들의 인생을 살아가기에 벅찰 것이다. 나도 누군가의 인생에 개입해서 구해 주지 못하니까. 친구도, 애인도, 가족들도 모두 자기가 가장 중요하다. 다들 자신의 인생을 치열히 살아가고 있으니까. 그들도 나처럼 자주 무너지고 괴로워할 테지만, 내가 선뜻 그들의 아픔과 괴로움을 알아주지 못하는 것처럼 말이다.

그러나 어떻게 보면 그게 더 다행이지 않을까. 누군가 내 인생에 함부로 끼어들고 개입해서 나의 선택을 막는 것보단, 내가 선택한 길에서 스스로 어려움을 깨고 이겨내 인생을 꾸려나가는 것이. 그러니 나는 내 문제를 대신 풀어줄 이를 찾기보단, 그 문제를 풀어갈 동안 함께 옆에 있어 주는 사람을 찾고 싶다. 각자 자신의 문제를 풀어가고, 먼저 문제를 해결했다고 손을 놓아 버리는 게 아니라, 아직 다 풀지 못한 사람을 진득하게 기다려주는 사람을 만나고 싶다. 너무 평탄한 삶을 살아와서 나를 이해 못하는 사람이 아니라, 적당히 인생이 걸어오는 싸움과 시비에 맞서고 견뎌온 나와 비슷한 사람을.

오늘 좀 울어야겠다

슬플 때 눈에서 흐르는 게 물이라는 사실에 깊은 뜻이 있음을 느낀다. 무언가를 적셔가며 우는 것은 축축해진 그 무언가로 내 슬픔을 밀어내는 것이라고 생각한다. 마음속의 습기를 빼고 눅눅해진 마음을 건조시키는 것이 아닐까. 그 습기를 짜서 말리지 않으면 마음속엔 곰팡이와 이끼가 끼게 될 테니까. 그래서 모든 것을 부정적인 마음으로 볼 테니까. 울게 되면, 마음속의 습기가 다른 것으로 옮겨진다. 눈물을 흘려 마음의 습기를 배출한다.

투정을 부리는 것과 진짜 힘이 드는 것은 어떻게 구분을 해야 할까. 내가 느끼기에 정말 힘이 들어서 힘이 든다고 말을 하는 건데, 세상의 눈으로 봤을 땐 그게 투정이고 내가 더 노력해야만 할 것 같아 항상 억누르기만 했다. 그런데 내가 바보같이 참고만 있는 건 아닐까 하는 생각이 들었다. 눈물이 무거워 그렁그렁 머릿속에만 담고 있는 듯한 느낌이 들었다. 한계에 직면했다는 걸 깨달을 때는, 항상 나도 모르게 눈물이 터져나올 때이다. 지금 누가 내 어깨에 손을 얹고서 "왜 그래? 괜찮아, 울어도 돼. 너를 이해해." 이런 뻔한 위로의 말을 건네기만 해도 팍 하고 터질 것만 같았다.

이런 마음이 들 때는 위에서 말한 것처럼, 눈물을 흘려서 마음의 습기를 배출해야 한다. 내가 힘들다는 걸 인정해야 한다. 나는 사실 정말 너무 힘들고, 오늘 좀 울어야겠다고.

우울함의 원인

요즘 들어 나는 내 우울함의 원인이 뭔지 알아차렸다. 그것은 충분히 쉬지 못해서 오는 피곤함 때문이기도 했지만, 가장 큰 원인은 내가 아무런 노력도 하지 않아서 생긴 불안함이었다. 즉, 게으름과 나태함에서 우울함이 생긴다는 것이다.

해야 할 일이 많은데 귀찮아서 아무것도 하지 않으면, 쉬면서도 마음에 불안함이 가득하다. 마치 다이어트를 해야 하는데도 먹는 것이 좋아서 계속 먹게 되면, 먹으면서도 마음이 불안한 것과 비슷하다. 그런 순간들은 자괴감에 빠지게 만들고, 자신을 비하해서 자존감도 낮아지게 된다. 이럴 때의 해결책은 하나밖에 없다. 뭐라도 하는 것. 나 자신과 했던 약속들을 어기지 않고 지키는 것. 뭐라도 해서 자그마한 성취감이라도 내게 심어주는 것. 그게 가장 중요한 일인 것 같다. 적당한 휴식은 내게 힐링을 주지만, 과도한 나태함은 스스로 우울에 가두어 버리는 감옥과 같다.

생각의 늪에 빠질 때가 있다. 그럴 땐 잘 지내다가도 문득 '나 지금 이러고 있어도 괜찮을까?' 하는 불안이 마음을 휘감는다. 그러나 이제는 안다. 그 생각의 늪에 빠져서는 안 된다는 것을. 생각지도 못한 순간에 찾아오는 불안의 속삭임. 내 평안을 무너뜨리려 찾아오는 두려움의 거짓말에 사로잡히면 안 된다는 것을. 그런 것들은 지금까지 열심히 이뤄 온 모든 것을 쓸모없고 필요 없는 것들로 전락시킨다. 그리고 스스로 아무것도 할 수 없는 사람이라 생각하며 깊은 좌절감을 느끼게 한다. 그러니 불안에게 자리를 내어주지 말자. 그 거짓말에 속지도 말자. 그런 거짓말에 속아서 멈춰 버리기엔 당신이 지금껏 이뤄 온 모든 것이 반짝거리고 있으니까.

5부

나만의 숨결과 보폭으로 편안한 날을 향하여

행복의 핑계

다정한 세상은 언제쯤 올까. 그리 대단하지도 않고 소박한 내 소원을 언제쯤 들어줄까. 보고 싶은 사람들과 같이 둘러앉아 세상살이 참 힘들다는 신세 한탄도 하고, 서로 위로를 주고받으며 훌훌 털어버리면 좋을 텐데. 장미가 되고 싶었던 마음을 애써 숨기며 살긴 했지만, 이제는 장미 곁에 있던 안개꽃처럼 수수하게라도 살고 싶은데. 그조차 쉽지 않다. 내 속도 모른 채 새벽은 떠나고 아무렇지 않게 새로운 날이 시작되었다.

진심으로 웃을 수 있는 날은 대체 언제쯤 올까. 사소한 것에 웃게 되더라도 정말 행복한 마음으로 웃을 수 있다면 좋을 텐데. 그런 행복이 내게 오고 있다면 좋을 텐데. 마치 약속시간에 늦은 친구가 멀리서 손 흔들며 잠시 길을 잃어 늦게 왔다고 하는 것처럼, 머쓱한 표정을 지으며 허겁지겁 뛰어오고 있으면 좋겠다. 그리고 늦게 와서 미안하다고, 그 대신 좋은 날들을 더 많이 가져왔으니 용서해 달라고 했으면 좋겠다.

가끔 이런 생각을 하며 나 혼자 늦어지는 행복의 핑계를 부여하곤 한다. 나에게나 당신에게나, 그런 좋은 날들이 휘영청 떠오르기를.

구원과 같은 위로

    솔직하게 말하면 나는 뻔한 위로의 말이나 글을 싫어하는 편이었다. 그런 틀에 박힌 위로들은 누구나 할 수 있는 말들 같고, 실제로 내가 얼마나 힘이 들고 괴롭고 고통스러운지는 알아주지 않고 알려고 하지도 않은 채, 그저 그 상황에서 딱히 해줄 말이 없어 던져 주는 말처럼 느껴졌기 때문이다. 그래서 나는 차라리 내게 실질적으로 도움이 되는 예시들을 들어주거나 자신의 경험담을 말해 주고, 너도 박차고 일어설 수 있다'며 격려해 주는 말들이 더 위로가 된다고 생각했다.

    그러나 이런저런 일을 겪으니 그것 또한 나의 오산이었다는 생각이 들었다. 일어설 힘도 없는 내게 떠밀려 온 격려들은 넌 다시 뛰어갈 수 있다며 괜히 부추기는 듯이 느껴져 더욱 괴로울 뿐이었고, 1을 할 수도 없는 내게 '넌 3에서 5만큼 할 수 있다'고 억지로 팔뚝을 붙잡고 일으켜 세우는 것 같았다. 격려가 통했던 시점은 짧은 슬럼프나 내가 다시 달려나갈 힘과 여건이 남아 있던 상황이었고, 정말 움직일 수 없을 정도로 방전이 되어 보니 이 시점엔 아무것도 귀에 들어오지 않는다는 걸 깨닫게 되었다. 그런데 이런 나를 꽉 붙들어 주고 원초적인 힘을 불어넣어 주는 말은, 내가 그토록 싫어하던 '그래도 괜찮아'라는 뻔한 말이었다. '나는 소중하고 이대로도 괜찮으며, 나 자신이 세상에서 가장 중요하다'는 그런 글과 가사들이 지쳐 쓰러진 내 마음을 얕은 바닷가의 물결처럼 부드럽게 감싸 주는 것을 느꼈다.

갑자기 뻔하다고 생각했던 말들에 위로를 받게 되니 그 이유를 곰곰이 생각해 봤다. 그 차이는 위로를 건네는 사람의 진심이었다. 그 글과 가사를 적은 사람들은 다 나처럼 절망의 끝에 서 본 사람들이었다. 열심히 달리다 넘어져 무릎이 깨지고 피가 나는 사람에게 "괜찮아? 많이 아프겠다. 하지만 일어설 수 있을 거야."라는 말을 건넬 때, 한 번도 넘어져 본 적이 없는 사람이 하는 것과 이미 무릎에 흉터가 있는 사람이 하는 것은 그 깊이가 다르다. 똑같은 위로의 말이라도 다 같은 말이 아니라는 것이다. 나와 비슷한 힘겨움에 푹 잠겼다가 가까스로 헤엄쳐 나온 사람들의 말은 파급력이 달랐다. 불특정 다수를 향해 그저 난사되어지는 영혼 없는 위로가 아니었다는 것이다. 진심으로 과거의 자신처럼 너무 힘든 이들에게 닿아 치유가 되길 원하는, 누군가의 경험이 담뿍 담긴 그런 말들이었다.

결국 위로라는 건 단순히 '어떤 단어를 쓰느냐'보다 말하는 사람의 말간 진심에 따라 깊이가 달라지고, 듣는 사람의 절실한 공감으로 이뤄지는 상호작용이 아닐까. 내 상황이나 처지를 알지도 못하면서 그저 내뱉어진 영혼 없는 위로는, 듣는 사람으로 하여금 괴로움을 유발한다. 그러나 어떤 사람이 힘겨움을 이겨낸 후, 과거의 자신과 비슷한 사람들이 힘을 얻길 원하는 마음에 전하는 말과 글은 그것이 필요한 사람에게 날아가 위로라는 이름으로 달라붙는다.

어쩌면 내가 가장 힘든 순간에 만난 한 줄기 빛과 같은 글과 위로의 말은 그것마저 운명적이지 않을까. 너무 힘든 나를 알아봐 주고 다가온, 나의 구원과 같은.

주 무기는 예민함

유난히 예민하다. 그렇다고 바짝 날이 서 있어서 누가 날 부르기만 해도 까칠해지는 그런 사람은 아니지만, 사소한 상처들이 나도 모르게 마음속에 담긴다. 그리고 그것이 수면 위로 올라와 생생히 또다시 상처 주는 걸 보면 아주 예민한 편에 속하는 것 같다. 몇 년 전, 아르바이트를 하는 곳에서 한 진상 손님이 나에게 앙칼지고 날카로운 말투로 꼬투리를 잡은 적이 있다. 꽤 오랜 시간이 지났지만 지금도 그와 비슷한 목소리를 들으면 그때 그 목소리가 귓가에 생생히 울리는 것만 같아 머리가 지끈지끈 아파 올 정도이다. 그만큼 사람의 말과 말투, 표정에 가장 예민해서 아마 내 직업을 서비스직 내에서만 선택해 살아가야 한다면 난 차라리 가난을 선택하고 말 것이다. 이 예민함은 어릴 적부터 날 죽도록 쫓아다니며 나를 괴롭게 했다.

　글을 쓰게 되기 전, 나는 노래하는 사람이 되고 싶어 학창시절 내내 보컬 트레이닝을 받았는데, 그 시절 여러 선생님이 날 스쳐 갔다. 그리고 그중 한 선생님은 학생들의 발전을 위해 열과 성을 다해 지적을 한 무더기씩 해주는 방식으로 수업을 했다. 그 선생님에게 배울 때는 수업 시간마다 받는 그 지적들에 마음이 난사당하는 것만 같았다. 그래서 수업이 끝나고 레슨실을 나오면 두 귀와 심장이 징징 울리는 것만 같았고, 집으로 돌아가는 버스 안에선 한동안 넋이 나가 있곤 했다. 그런 나를 보며 같이 레슨을 받던 언니가 말했다. 너는 너무 마음에 다 담아 두니까 그렇다고. 선생님 말 중 어느 정도는 한 귀로 듣고 한 귀로 흘릴 줄도 알아야 한다고. 그때는 그런 언니가 참 부러웠었다. 내가 바로 그게 안 되는 사람인데, 한 번 들은 말은 나도 모르게 마음에 쌓아 두게 되는데, 머릿속엔 끝없이 선생님의 지적들이 떠다니는데. 그때 더욱 깨달은 것 같다. 내가 다른 사람에 비해 대수롭지 않게 넘기고 툭툭 털어버리는 법을 모르는, 유난히 예민하고 답답한 사람이란 것을.
　그러나 노래를 그만두고 글을 쓰게 된 지금은 오히려 이 예민함 덕분에 살아가고 있다는 생각이 든다. 이렇게 예민하기에 어떤 오래된 사소한 경험들도 모두 기억하고, 그 순간의 세세한 감정까지 고스란히 되감기시켜 재생할 수 있으니. 또한 그 예민함 덕분에 사람에 대한 데이터가 쌓여서 사람의 속을 들여다보는 촉도 꽤나 발달했다. 그래서 이제는 말투와 표정만으로도 내게 상처를 줄 누군가를 미리 알아보고 피하게 된다. 그 예민함으로 받았던 상처들이 다시는 그런 상처를 받지 않도록 알아서 나를 보호하는 것 같다.

날 괴롭게 했던 보컬 선생님은 내가 노래를 그만둘 때즈음 내게 이런 말을 해 주셨다. 지적을 해 주는 이유는 네가 예민한 것을 알고 있기 때문이라고. 예민하지 않고 둔한 학생들은 지적을 해줘도 제대로 기억하지도 않고 그냥 흘려 버려서 언제까지나 실력은 그대로라고. 그렇게 계속 발전이 없는 학생은 아무리 트레이너라도 더이상 뭘 알려주고 싶지가 않은 법이라고. 그런데 나는 지적에 예민하기 때문에 다음엔 같은 지적을 받지 않기 위해 오기로라도 연습을 해오고 발전하는 게 느껴지니 일부러 더 못되게 말하기도 했다고 하셨다. 물론, 그 선생님은 내가 본인의 생각보다 훨씬 더 예민해서 여전히 그 날카로운 말들로 인한 상처가 남아 있다는 것과 그 때문에 한

동안 그 좋아하던 노래가 트라우마가 되었다는 것은 알지 못하겠지만.

어찌 되었든 현재의 나는 이 예민함이 싫지 않고 오히려 내가 이런 사람이라 다행이다 싶은 생각도 든다. 그래서 나와 같이 예민하고 민감하고 세심한 성격 때문에 마음이 상처투성이인 사람에게 조심스레 위로의 손을 내밀고 싶다. 분명 그 예민함으로 인해 많은 상처를 받았겠지만, 그로 인해 당신은 더 많이 성숙해 있고 성장해 있을 거라고. 알고 보면 당신을 위험한 순간으로부터 보호하고 있을 거라고.

나와 같은 처지였던 사람이 힘겨움을 이겨낸 후 자신의 말과 글로 힘을 얻길 원하는 마음에 쓰여진 모든 위로들은 그것이 필요한 사람에게 날아가 달라붙는다. 어쩌면 내가 가장 힘든 순간에 만난 한 줄기 빛과 같은 글과 위로의 말은 그것마저 운명적이다.

나에게로 보내는 사과

　미안해, 요 며칠간 불안함과 괴로움에 살게 해서. 자꾸만 스스로 벼랑 끝으로 몰고 가는 것도 미안해. 다른 사람에게는 잘만 하는 그 흔한 안부인사조차 하지 않은 것, 따듯한 말 한 마디 건네지 않은 것, 타인에게 받은 상처를 계속 끌어안고서 숨 못 쉴 정도로 압박한 것, 이 모든 것을 지금까지 모르고 있었던 것까지 정말 미안해.

　이미 온 힘을 다해서 아등바등 걸어가고 있다는 거 알아. 지금 충분히 잘하고 있어. 나도 이제는 괜찮아져도 괜찮아. 집으로 돌아가는 저녁, 하루가 너무 고단하고 버거웠다면 내가 다독여 줄게. 괜찮다고, 수고했다고.

자꾸만 찾아오는 힘겨움에 자리를 내어주지 않고 버티기 위해 그 자리에 굳게 설 수 있는 마음의 근육을 키워 본다.

파도

우리는 대체 내가 왜 이런 시련과 고난을 겪어야 하는지 이해하지 못하고 불평 불만을 달고 살아간다. 그런데 그 시간이 지나 문제가 해결되고 상황이 괜찮아지면 다 이유가 있었던 거구나 생각하게 된다. 그 일을 겪으며 견디는 시간 동안 내가 조금 더 성장했구나, 그래서 그 일이 필요했구나 알게 된다. 예를 들면 좋은 사람을 알아보기 위해 여러 사람을 만나 겪어 봐야 하는 그런 것처럼, 내 인생을 멀리서 본다면 그것들이 단순히 그냥 일어난 불행은 아니었다는 걸 깨닫는 순간이 있다.

세상에 '그냥 일어나는 일'은 없다고 생각한다. 어떤 것이 있

고 그것이 어떤 것과 연결되어 또 다른 어떤 것을 마주하고 그
것이 또 내게 일어나고. 그런 식의 연동 말이다. 나에게 일어
난 어떤 일은 그냥 일어나고 끝나지 않는다. 결국 그 일로 인해
내가 영향을 받고 더 넓은 바다로 나아간다. 그리고 알게 된다.
아까 맞섰던 그 파도는 결국 나를 밀어 주기 위한 것이었다는
것을. 그 파도로 인해 짠 물을 삼켜야 했고 한참 동안 눈물, 콧
물을 쏟았지만 되돌아보니 어느새 성큼 더 나아와 있었다는 것
을. 그제야 그 일이 일어나야 했던 이유를 발견하고 이해할 수
있는 것이다.

매번 울기만 했던 나의 새벽이, 너를 알게 된 이후부터 조금씩 소중한 시간으로 변해 갔어. 나는 너를 미쁘게 생각해서 내가 받은 그 평온함 만큼 네게 좋은 말과 예쁜 마음들로 돌려주고 싶다. 참 예쁜 사람, 아름다운 사람. 너로 인해 나는 매 순간 좋은 사람이 되고 싶다는 다짐을 하게 되었으니, 너는 부디 마음 편히 머물기를.

너는 내 세상에 영향을 끼친다

너와 잠시 마주할 때면 숨이 느려지고 심장이 눌리는 그 압력만큼 넌 내 세상에 영향을 끼친다. 좀 더 살고 싶어지도록, 발바닥에 버티는 힘을 보태어 주고, 주먹을 꽉 움켜쥐고 무언가를 다짐하게 만든다. 앙 다문 입술의 직선 그대로 너에게로 향할 미래의 길을 그리게 하고, 그 길을 성큼성큼 걸어 망설임 없이 직진하게 한다. 내가 어떤 사람이든 괜찮다고 이리 와서 안기라고 팔을 벌리고서.

이성을 착각하게 만드는 행동

한 예능 프로그램에서 '이성을 착각하게 만드는 행동' 다섯 가지를 뽑은 적이 있다. 그중 1위는 단연 '웃으면서' 행하는 가벼운 터치들이었고, 그중에 3위는 '눈 마주치고 웃어주기'였다. 또, 예전에 SNS에서 이성에게 가장 호감을 사는 행위에 대한 실험 글을 본 적이 있다. 과학적인 실험을 통해서 알게 된 것인데 그 게시물에서도 누군가에게 호감을 얻고 싶다면 '그 사람과 자주 눈을 마주치고 그때마다 웃어 보라'고 했다.

그러고 보니 학창시절에 관심도 없던 아이한테 "너 나 좋아하잖아."라는 어이 없는 말을 들었었다. 중학생 때와 고등학생 때 총 두 차례나. "너를 좋아해."라는 고백도 아니고, 어디서 얻은 것인지도 모를 확신을 하며 "네가 나 좋아하는 거 알아."라는 말을 하다니. 그 당시에는 너무 어이가 없어서 말도 제대로 나오지 않을 지경이었는데 지금 생각해 보면 사소한 웃음 포인트에서도 웃음이 잘 터지는 나의 낮은 웃음 장벽으로 인해 일어난 오해였던 것 같다. 나는 딱히 그 아이를 향해 웃은 것이 아니라 그저 웃긴 상황이 많았기에 꽤 자주 웃으며 다녔을 뿐이고, 또 어떤 얘기를 할 때 그게 슬프거나 짜증나는 일이 아니라면 얼굴에 미소를 지은 채 말하는 버릇이 있는데 그것이 그들의 착각을 불러일으킨 모양이었다.

그러나 아이러니하게도 정작 내가 좋아하는 사람 앞에서는 잘 웃지를 못해서 "쟤가 나 싫어하는 것 같아."라는 말을 했다는 것을 주변 사람을 통해 듣곤 했다. 좋아하지도 않는 상대 앞에선 깔깔거리며 잘도 웃어서 오해를 불러일으키고선, 진짜 좋아하는 사람 앞에선 자꾸만 어울리지도 않는 도도한 척을 해대며 무표정으로 일관했던 것이다. 시선도 자꾸만 피했으며 그 사람이 장난이라도 걸어오는 날엔 속으론 어쩔 줄 몰라 하면서도 혹시나 좋아하는 게 티가 날까 최대한 시큰둥하게 반응하려 노력한 것 같다. 그랬더니 상대에게 돌아오는 말은 "쟤는 나를 싫어하는 것 같다."라는 내 진심과는 정 반대되는 말이었다.

어디선가 사람은 자기보다 못나 보이는 사람에게 끌리지 않는다는 말도 들었다. 그게 당장 눈에 보이는 외모, 키, 스펙일 수도 있지만, 그것보다는 나를 좋아하고 있다는 게 다 느껴질 정도로 내 눈도 못 마주치고 말도 못 붙이며 쭈뼛거리는 이성은 나보다 못나 보이는 인식이 자연스레 깔린다는 말이었다. 용기 없는 상대의 모습을 보면 실망하게 된다는 것이겠지. 생각해 보면 나도 그런 이에게 별 다른 매력을 느끼지 못해 고백을 받았어도 거절했던 기억이 있다. 또, 항상 내가 좋아했던 사람은 내게 아무렇지도 않게 말을 걸고, 웃어주고, 장난을 쳐서 딱히 나를 좋아하는 것 같아 보이진 않는 사람이었다. 어쩌면 그때의 나도 상대방에겐 용기와 매력이 없는 사람으로 비춰졌겠지.

어렵지만 이젠 그 모든 것을 조금은 깨 보려고 한다. 어렸을 적엔 좋아하는 누군가의 눈을 똑바로 바라보는 게 세상 가장 버거운 일이었는데, 나이가 들면서 나에게도 사랑의 의미들이 조금씩 변형되었다. 사람이 사람을 좋아하는 게 그리 창피할 일도 아니라는 것을 깨달았고 그건 너무 당연한 일임을 나 자신에게 주입시키곤 한다. 그래서 이제 내게 오는 사람에겐 내 마음을 가득 담은 말간 미소를 건네주고 눈을 맞추며 조심스레 어깨에 손도 올려볼 거다. 그러다 그 사람이 내 마음을 눈치 채고서 '당신, 나 좋아하느냐'고 물으면 아무렇지 않은 척 그게 뭐 이상한 거냐며 자연스레 '그렇다'고, '그래서 이렇게 웃고 있지 않느냐'고 대답할 거다. 그렇게 너를 착각하게 만들 거다.

이상적인 나

어딜 가나 당당하게 자신의 할 말을 하면서 오히려 박수를 받는 사람, 한 번 무언가를 하겠다고 마음먹으면 꼭 해내는 사람, 나쁜 소리를 들어도 주눅 들지 않고서 다른 사람의 말에 크게 타격을 받지 않는 사람. 그러한 사람들은 사랑이라는 것을 듬뿍 받고 자란 것처럼 어딘가 고귀해 보이기도 했다. 그리고 그러한 모습들은 어딘가 외적인 모습보다는 내면의 무언가가 만들어 내는 것 같았다. 누군가가 어찌하지 못할 정도로 단단한 내면의 무언가가.

자신에 대한 자존감과 믿음, 무언가를 쉽게 포기하지 않는

꾸준함과 끈기, 자신의 꿈을 향해 계속해서 걸어 나가는 행동력과 꿈을 막는 사람들의 말을 걸러내어 필요없는 것은 잊어버리는 망각의 센스, 또한 사랑스러운 것을 사랑스럽게 볼 수 있는 서정적인 눈빛. 그런 내면의 것들은 그 사람 자체를 모두 둘러싸고서 그 사람만의 분위기를 자아낸다.

난 평생을 이상적인 내가 되기 위해 싸우고 있는지도 모른다. 이상적인 타인의 모습을 곁눈질로 힐끔 보고서 하나씩 가져와 붙인 후, 꼭 이렇게 되고 싶다고 떼를 쓰며 살아가는 것 같다. 절대로 그 모든 것을 가질 수는 없을 텐데 말이다. 나는 이제 나를 위한 마음의 위시리스트를 갖고서 살아간다. 사소한 일에도 벌벌 떨지 않을 수 있도록 자존감과 믿음을 키우고, 적당히 어떤 것을 잊어버릴 줄도 알아서 마음의 짐을 스스로 덜어내기도 하고, 꿈을 위해 계속 달려가는 끈기를 갖고, 스스로와 한 약속을 실천하는 것. 그 모든 것의 필요를 느끼고 나를 위해서 그것들을 갖기 위해 노력할 것이다. 좋은 마음을 가진 좋은 사람이 되어 내 주위에도 선한 영향력을 끼치는 사람들로 가득 채우고 싶다. 사랑스러운 그들을 보며 사랑스러운 눈빛을 그득히 담는 사람이 되고 싶다.

내가 지금 시작하는 이것이 결국 좋아하는 일을 하게 만들지도, 내가 사랑하고 싶은 사람에게 용기 내어 다가가는 한 걸음이 결국 그와 사랑을 시작하게 해주는 첫걸음이 될지도 우리는 다 모르니까.

당연한 것이 아닌 것

요즘 참 힘들지. 지금껏 살아왔던 모든 게 당연한 게 아니었다는 사실을 새삼 깨닫게 돼. 아무렇지 않게 햇살을 맞고, 바람을 스치며 걷고, 가고 싶은 곳에 갔고 먹고 싶은 것을 먹었지. 그렇지만 그게 사실은 그리 당연하게 주어진 것이 아니었나 봐. 계획했던 모든 일들이 미뤄지고, 틀어지고. 그렇게 하고 싶은 일들을 어쩔 수 없이 하지 못하게 되니까 갑자기 여유로운 시간이 생겨도 어찌해야 하나 고민하다 그냥 보냈지 뭐야. 그러다 보니 왠지 나는 너와의 여행을 더 갈망하게 되더라.

푸른 초원과 깊은 호수가 드넓게 펼쳐진 곳에 가서 네 손을 잡은 채 거닐고 싶고, 잠시 비를 맞게 되어도 기꺼이 빗물을 흠뻑 맞아주고, 서로의 어깨에 기대어 내가 이 순간을 위해 살아왔구나 싶을 정도로 여길 만큼 눈이 부시겠지. 새벽에 잠시 잠에서 깨어 옆자리에 있는 널 바라보고선 푹 안심하고, 새벽 서늘한 공기에 네게 바짝 다가가 붙으면 넌 눈도 뜨지 못하는 비몽사몽 간에도 나를 끌어당겨 이불을 덮어주겠지. 고요한 분위기 속 콩닥거리는 내 심장 소리, 더 가까이 다가가 너의 숨결 소리로만 귓가를 채우고 싶다.

우리는 늘 그랬듯 이겨낼 거야. 그리고 함께 로망을 현실로 만들기 위해 여행을 떠날 거야. 모든 게 당연하지 않았단 걸 알게 되었듯, 우리의 그 순간 또한 더욱더 소중하고 값지고 애틋하겠지. 우리, 그 순간을 위해서라도 조금만 더 버텨 보자. 그 어떤 로망도 네가 옆에 함께하지 않으면 아무 의미가 없으니까. 사랑해, 그때 내 옆에 있을 너를.

새로운 다이어리나 노트에 내 멋대로 이름을 적어주는 것처럼, 가끔은 내 이름 없는 나날들에 제목과 주제를 붙여 내 인생의 의미를 찾아주고 싶다. 모든 페이지가 예쁘게 적히지 않았어도 꾸역꾸역 다 적은 그 자체로 뿌듯함을 느끼는 것처럼, 이미 당신의 모든 발걸음이 충분히 의미 있다는 것을.

다시 이곳을 찾을 때

속설을 잘 믿는 사람은 아니지만 '소원을 이루어 준다'는 명목 하에 이루어지는 어떤 행위들은 참으로 매력적이다. 예를 들면 던져진 동전으로 가득한 분수대라든지, 관광지 근처에 가득 묶인 소원 종이 같은 것들 말이다. 그런 것들을 해보아도 빌었던 소원이 한 번도 이루어진 적은 없지만.

훌쩍 떠나온 여행지에서 꼼꼼하게 쌓아 올려진 돌탑들을 보았다. 평소 같으면 촘촘히 쌓아 올려진 돌탑들을 보며 누군가의 정성에 감탄하고 말 텐데, 괜한 호기심에 나도 같이 돌을 주워 들고 그 옆에 허술한 돌탑을 쌓아 보았다. 그리고 그 돌탑에 새로운 의미를 부여해 보았다. 아무것도 안 했으면서 말도 안 되는 소원을 이루어 달라고 떼를 부리는 게 아니라, 내가 계속 열심히 노력하고 있고 앞으로도 그러할 테니 내 소원과 이 마음을 대신 잘 간직해 달라고. 다시 이곳에 왔을 땐 내 맘도 이 돌탑도 무너져 있을 가능성이 크지만, 그래도 웬만하면 나와 같이 이 마음을 기억하고 견뎌 내 달라고. 그래서 일상에 이리저리 치여 무너지기 직전에 다시 이곳을 찾으면, 그 미래의 나에게 지금의 마음을 보여 주고 다시금 초심을 새기게 해 달라고. 현재의 나와 미래의 나를 이어주는 연결고리가 되어 달라고.

그리고 나는 손을 모아 나의 신께 눈을 감고 기도드렸다. 다시 이곳을 찾을 미래의 나는 소망을 모두 이뤄서 지금의 나를 다시 만나러 오는 추억의 장소가 되었으면 좋겠다고. 그만큼 열심히 마음을 다잡고 일상으로 돌아가 달릴 수 있게 해달라고.

왜 항상 지나고 나서야 알게 될까

　몇 년 전에 유행하듯 퍼지던 말이 하나 있다. '인간의 욕심은 끝이 없고 같은 실수를 반복한다'는 말. 어쩌면 별 것 아닌 것 같은 한 줄의 문장에 나는 미친 듯이 공감을 하며, '저 문장 하나가 인간의 본질을 꿰뚫어보는 것이 아닐까' 하고 생각한 적이 있다. 물론 모든 인간에게 적용할 수는 없는 말이지만, 일단 그 당시 나에게는 해당하는 말이었기 때문이다.

　욕심이 끝이 없다는 것에도 많은 공감이 갔지만, 내가 가장 주목한 것은 '같은 실수를 반복한다'는 말이었다. 우리는 살아가면서 끊임없이 나의 잘못된 행동에 대해 인지하고 후회한다.

거창한 예를 들 것도 없이 야식을 끊겠다거나, 늦잠을 자지 않겠다거나, 다이어트를 하겠다거나, 일기를 쓰겠다고 하는 그런 일상의 사소한 다짐에도 수없이 무너진다. 또 그런 다짐을 무너뜨리는 유혹에 너무 손쉽게 타협하고 넘어가는 나 자신을 평생 마주하면서, 어느새 나는 '원래 끈기가 없는 사람'이라고 정의를 내려버린 지 오래이다. 그러면서 매번 다짐을 했던 과거의 나로부터 패배감만 맛보게 되니, 나 자신을 믿지 못해서 자기 혐오를 느끼기도 했다. 그로 인해 자존감은 점점 바닥으로 내려가고, 자신감도 없는 인생을 살게 됐는지도 모른다.

내가 반복하는 실수는 또 있다. 그건 바로 현재를 충실히 즐기지 못하고서, 지나고 나서 그때의 소중함을 느끼는 것이다. 그것은 이성 관계나 친구 관계에도 적용이 되고, 나이에 대한 생각에도 적용이 된다. 왜 그 시절에는 행복했고 좋았다는 사실을 알지 못하는 걸까. 그때로부터 많이 멀어진 지금의 내가 보기엔, 마치 내가 꿈을 꾼 것일까 할 정도로 찬란하고 예쁘기만 했었는데 말이지. 이제는 그 사실을 너무 잘 아는데.

이런 생각을 하다 보면 꼭 떠오르는 과거의 한 장면이 있다. 작가라는 꿈을 갖기 전의 나는 보컬 학원에 다니고 있었는데, 갑자기 보컬 학원 선생님들이 MT를 가겠다고 했다. MT는 여름과 겨울 총 두 차례 다녀왔었는데, 여름에 갔을 때는 나를 포함한 모든 학원생이 서로 그리 친하지 않아서 다들 가기 싫어했다. 모두 이런 핑계 저런 핑계를 다 대면서 불참하려다, 선생님들의 고집에 의해 억지로 참가하게 되었다. 심지어 MT 내내 서로 친해지라며 핸드폰도 다 걷어간 탓에 모두 짜증이 극에 달해 있었는데, 웃긴 건 그 여름 MT로 인해서 학원생들이 다들 아주 아주 친해지게 되었다는 것이다. 선생님들의 작전이 통한 것이었다. 그리고 몇 달이 지나고 겨울이 오니 계획에도 없던 겨울 MT를 한 번 더 가자며 모두 원장 선생님을 졸랐고, 겨울 MT는 다들 자발적으로 참가해 설레는 마음을 안고서 출발했다. 그렇게 재미있는 하루를 보내고 저녁이 되어 숙소 바깥에 있는 바베큐장에서 고기를 먹던 중, 두고 온 물건이 생각 나서 잠시 혼자 숙소로 돌아왔던 적이 있다. 두고 온 물건을 챙겨서 나서는데, 신선하고 찬 기운이 얼굴에 스쳤고 그 깨끗한 공기에 잠시 고개를 들어 하늘을 바라보았다. 숙소가 있던 곳이 시골이라 그랬는지 깜깜한 밤하늘 속에 별들이 유난히 반짝거리고 있었다. 저 멀리 바베큐장에선 깔깔거리며 재미있게 웃는 소리들이 들려오고, 문득 '여름 MT 때는 왜 다들 그리 가기 싫어했을까.' 하는 생각을 했다. 결국 그 일로 인해 이렇게 좋은 사람들과 친해지게 되었는데 하면서 말이다. 그런 생각에 잠겨 숙소 앞에 멍하니 서 있는데, 그런 날 발견한 동생들은 "언니, 고기 다 익었어요. 빨리 와서 고기 먹어요."라며 불렀다. 그 다정한 소리에 나는 웃으며 다시 바베큐장으로 발걸음을 옮겼다. 왠지 모르겠지만 이 장면이 계속 머릿속에 남아 있다. 겨울 MT때도 여름 MT속 나를 생각하며 '왜 그때는 알지 못했을까.' 하고 생각했지만, 그 순간으로부터 한참 멀어진 지금의 나 또한 그 시간들이 아주 소중했음을 이제야 절실히 느끼고 있다.

그런 소중한 시간들을 지나오고 다시는 돌아갈 수 없다는 것을 깨닫다 보니, 어느 순간부터는 이 순간도 금방 사라질 거라고 생각하게 되는 것 같다. 언젠간 사라진다는 걸 너무 잘 알아서 그 순간을 즐기기보다는, 오히려 아쉬움을 느끼고 사라지지 않았으면 좋겠다며 안타까워 한다. 흘러가는 시간의 옷자락을 붙잡고 대롱대롱 매달려 있는 것이다. 그래서 이젠 친구들과 소소한 대화를 하고, 짧은 여행을 다니고, 몇 시간씩 통화를 하는 즐거움을 느껴도 '이 시간들마저 얼마 남지 않았다'는 생각부터 하게 된다. 다시는 돌아갈 수 없는 MT 때처럼, 아마 몇 년 뒤면 여러 이유들로 조금씩 서로 멀어지고 소홀해질 것을 알고 있어서 그럴까.

어렸을 때 어른들로부터 지겹게 들은 말이 하나 있었다. "너도 지나 보면 다 알아."라거나, "너도 때 되면 다 알게 돼."라는 말. 그때는 내가 어리다고 생각하지 못했기에 대체 내가 무엇을 모르고 있다는 걸까 라고 생각했다. 왜 마치 자기는 세상을 다 아는 사람처럼 굴고 나는 아무것도 모르는 사람처럼 말을 하는 걸까 하며, 그다지 좋아하지 않았었는데. 어쩌면 지금 내가 느끼는 감정들을 그들은 먼저 느꼈을지도 모른다. 아마 어른들은 내 모습에서 자신의 어릴 적 모습을 투영해서 봤을 테고, 지금은 아주 잘 알고 있지만 그때는 몰랐던 소중함과 천진함을 그제서야 느끼고 있던 것이겠지. 항상 지나 보면 알게 되는 것들이 있다는 걸 먼저 느낀 것이겠지. 지금의 내가 그러는 것처럼.

위에서 말했다시피 사람은 같은 실수를 반복한다. 그래서 나는 늘 그랬던 것처럼, 여전히 지금을 힘겨워하고 버거워한다. 그리고 몇 년 뒤에 지금의 나를 떠올리며, 이 순간도 소중했다며 또 미화할 것이다. 하루하루 힘겹게 걸어간 걸음마다 성장을 한 나를 느끼고 있으면 좋을 텐데. 모든 것은 영원하지 않고, 좋은 것이든 나쁜 것이든 끝이 있다는 것을 안다. 그렇기에 지금 이 순간을 조금이라도 더 즐기고 싶은, 매번 세상은 가만히 즐길 시간을 주지 않는다. 나 또한 내가 조금이라도 쉬어

가려 하면, 그 시간을 견디지 못해 불안해하며 스스로 재촉하곤 한다. 그리고 지나고 나서야 소중함을 알게 되는 같은 실수를 반복하겠지. 이제는 더이상 그러고 싶지 않은데. 현재의 나를 조금 더 아껴 주고 소중히 해야겠다.

먼저

가끔은 아무 이유 없이 잘 지내고 있는지 궁금해지는 사람들이 있다. 꽤 친했었고 전화와 문자로 대화도 끊이지 않았었는데, 어느 순간 뒤돌아보니 사라진 이들이 있다. 나도 바빠 신경 쓰지 못해 놓친 이들이. 가끔 그들 중엔 여러 SNS로 근황을 보여 주는 이들도 있지만 그저 잠시 서로의 무탈한 일상을 확인만 할 뿐, 섣불리 대화를 걸지 못하는 경우가 허다했다.

서먹한 무언가가 그 친구와 나의 사이를 괜스레 가로막는다. 혹시 그 애가 그 사이에 변했을까 봐, 나를 반가워하지 않을까 봐, 갑작스런 연락을 불편하게 느낄까 봐 등 예전엔 그리 허물

없이 지냈음에도 마치 처음 만나는 사람을 대하는 것마냥 조심스러워진다. 그래서 가끔은 용기가 있었음 했다. 그저 '별일 없어도 보고 싶어 연락했다'는 그 솔직한 마음을 민망해하지 않고 건넬 수 있는 사람이었으면 하고 말이다.

사실 우리는 알고 있다. 서로 대판 싸워 연을 억지로 끊어 놓은 사이가 아닌 이상, 오래 연락하지 않았던 이의 갑작스런 안부 인사는 오히려 반갑고 고맙다는 것을. 만약 상대가 먼저 내게 그런 인사를 건네 오면 그런 마음이 들 테니까. 그럼에도 여전히 주저하는 건, 내가 솔직하지 못해서인가 보다. '네가 잘 살고 있는지 궁금했다'고 관심을 먼저 표하는 게 왠지 쑥스럽고 민망해서인가 보다.

앞으로 만날 좋은 이들에겐 그렇게 행동해 보고 싶다. 불쑥 전화해선 뭐하고 있는지 궁금해서 걸어 봤다고, 별일 없느냐고, 오늘 하루 잘 보냈느냐고. 그렇게 별 용건도 없으면서 넌지시 연락해 보고 싶다. 내가 너에게 아주 관심이 많다고, 그런데 그건 네가 좋은 사람이라 그런 것 같다고. 그런 솔직한 마음도 아무렇지 않게 말해 주고 싶다. 그래서 그 사람에게 '조금 부담스럽긴 해도 그게 싫지 않은 사람'으로 남고 싶다.

그래서 계속 내 생각을 하게 되고, 자기도 모르게 나의 연락을 기다리고 있으면 좋겠다. 내가 싫으면 남도 싫고, 내가 좋으면 남도 좋다고 했다. 나는 싫지 않은 누군가가 용건도 없이 불쑥 '그냥 보고 싶어서, 얘기하고 싶어서' 연락했다고 하면, 그 사람에게 없던 관심도 생기고 계속 연락을 기다리게 될 것 같다. 그런 솔직함을 갖고 싶다. 먼저 연락하고 싶으면 그냥 하는 솔직한 내가 되어 보고 싶다.

가만히 생각해 보면 인맥이라는 것은 정말 파도와 같다. 누군가가 내 실에서 끊어져 저 멀리 망망대해로 나아가면, 또 다른 누군가가 다른 파도를 타고 와서 내 옆에 온다. 그리고 끊어진 그 실을 잡아 준다.

똑딱이 손난로

요새는 손난로보다는 핫팩이 더 익숙하고, 손난로도 여러 방식으로 발전해서 충전하여 쓰는 전자 손난로까지 있는 세상이 되었다. 나는 조금만 추워지면 손끝이 얼음장처럼 차가워지고, 아무리 주머니에 손을 찔러 넣고 장갑을 껴도 땀이 날지언정 따듯해지지는 않는다. 그래서 전자 손난로를 구매해서 사용해 보기도 했는데, 너무 뜨겁지 않은 적당한 온도에 언제든 끌 수 있는 기능까지 있어서 참 편리했다. 그리고 그 편리함과 더불어 세상이 많이 좋아졌음을 느끼기도 했다.

내가 어렸을 적에도 손난로가 있었다. 학교 앞 문방구에서 작은 건 오백 원, 조금 더 큰 것은 천 원에 판매했던 것 같다. 그 손난로들 앞면엔 귀엽고 예쁜 그림들이 알록달록 그려져 있었다. 학교에서도 겨울 방학이나 졸업식 등을 맞아 가끔 나눠 주기도 했는데, 학교에서 나누어 주는 것은 예쁘지도 않고 앞면에 대놓고 못생긴 글씨로 학교 이름이 쓰여 있기도 했다. 그런 것들은 투박한 모양이 맘에 안 들어서 집에서만 사용하곤 했다. 그 손난로 안에는 걸쭉하고 끈적끈적할 것만 같은 투명한 액체가 찰랑찰랑 담겨 있었다. 그리고 액체 속엔 동그란 은색 똑딱이 버튼이 들어 있었다. 어떤 원리인지는 아직도 잘 모르겠지만, 그 은색의 동그란 버튼을 '똑딱' 소리가 나게 눌러 주면 곧바로 액체들이 빠르게 굳어 갔다. 액체들이 하얗게 굳으면 아주 딱딱해졌고 그제서야 뜨거운 열을 내뿜었다.

그 손난로는 온도가 꽤나 뜨거워서 계속 쥐고 있다가는 가벼운 화상을 입기도 했다. 또한 한 번 쓰고 차가워진 손난로를 다시 쓰려면, 뜨거운 물에 넣고 팔팔 끓여줘야만 다시 쓸 수 있었다. 그렇기 때문에 외출할 때 들고 나간다면, 아끼고 아끼다 정말 추울 때 써야만 했다. 그게 꽤나 번거롭기도 했지만 그 손난로를 다시 쓰기 위해 끓는 물에 넣을 때마다, 또 그걸 소중히 들고서 밖에 나올 때마다 알 수 없는 든든함을 느꼈다. 그 손난로 속 버튼을 똑딱 하고 누르면 마치 강에 하얀 얼음이 두껍게 얼어 있는 것처럼 딱딱하게 굳지만, 그와는 정반대로 따듯한 열을 내뿜는 게 좋았다. 시린 손끝을 만져 줬던 손난로의 온기가 참 좋았던 것 같다.

가끔은 터져서 버리기도 했고, 이제는 불편해서 더이상 사용하지 않게 된 그 손난로가 조금 그립기도 하다. 지금은 좀 더 편리하고 적당한 온도를 가진 전자 손난로가 내 손에 들려 있지만, 그 시절의 손난로가 어릴적 겨울의 추억을 떠올리게 하는 것 같아서 더 그런 것 같다. 한 번은 학교에 등교하기 전, 식어버린 손난로 두 개를 끓는 물에 팔팔 끓여 가지고 나갔다. 그리고 매일 함께 등교하던 친구를 만나, 하나를 그 친구에게 건네주기도 했다. 친구는 고맙다고 웃으며 그 손난로를 받았고, 우리는 다정하게 추운 겨울 등굣길을 함께 걸어갔다. 그 속에서 따듯하게 굳어가던 하트 모양 손난로가 아직도 생각이 난다.

그때 그 손난로처럼 다른 사람을 위해 온기를 줄 수 있는 사람이 되고 싶다. 찬 바람에도 꼭 쥐고 있을 수 있는 손난로처럼, 누군가 나를 떠올리면 따듯한 마음을 얻을 수 있는 사람이었으면 좋겠다. 좋은 사람이 되자는 다짐은 얼마 못 가 식어 버린 손난로처럼 딱딱하고 차가워지지만, 끓는 물에 그 마음을 넣고 팔팔 끓이면 다시 말랑말랑해지기를 원한다. 소중한 누군가가 내 똑딱이 버튼을 잘 찾아 누를 수 있도록, 내 마음 자체를 투명하고 말랑말랑하게 만들어 놓고 싶다. 힘겨운 일들이 다 지나가면, 조금 더 좋은 사람이 되기 위해 노력해 봐야겠다. 말랑말랑하고 따듯한 마음을 가진, 추운 날 들고나온 손난로처럼 든든한 누군가가 되어야지.

괜히 배운 것은 없어

사람은 쉽게 변하지 않는다는 말에 어느 정도 동의하는 편이지만, 그건 그 말에 '쉽게'라는 말이 들어 있기 때문일 거다. 사람은 쉽게 변하진 않지만, 어려운 상황에 놓이면 결국 변하는 것 같다. 어쩌면 평생을 어릴 때의 신념으로 동일한 인생을 살아간다는 것이 더 어려울지도 모른다. 결국 모든 것은 변한다. 그건 정말 죽음의 문턱에 서 봐야 바뀔 수 있다는 천성이 될 수도 있고, 내가 굳게 믿고 있던 신념이 깨지는 순간일 수도 있다. 또, 아주 사소한 습관이나 말투도 시간이 흐르면 어느 정도는 변화하기 마련이라는 것이다.

나는 개인적으로 '괜히' 하는 경험이나 '괜히' 배우는 것은 없다고 생각하는 편이다. 무언가를 경험해서 배워 두면 언젠간 그 배워 둔 것을 쓸 날이 온다. 나는 대학교 생활을 '살면서 이렇게 대충 한 적이 있나' 싶을 정도로 불성실하게 보냈다. 고등학생 땐 성실하다며 자기주도 학습 상까지 받았는데, 그런 내가 변하게 된 이유는 전공이 나와 너무 맞지 않았기 때문이다. 어쩌다 보니 학교 점수에 등 떠밀려 원하지 않는 전공을 선택해서 대학교에 들어갔고, 반복되는 삶을 싫어하는 나는 절대 회사원만은 되고 싶지 않았는데, 나의 전공은 그 일들을 가르치는 것이기 때문이었다. 그런 대학 생활을 하면서 회사 생활에서만 써먹을 것 같은 문서작성이나, 사람을 응대하는 방법, 일 처리를 확실하게 하는 방법 등을 배우게 되었는데 나는 그 당시 이런 건 나와는 절대 관련이 없다며 장담을 했다. 그러나 그게 회사 생활이 아니더라도 꼭 필요한 순간이 있고, 그때 배운 덕분에 어떤 일을 수월히 해내는 걸 발견하면서 괜히 하는 경험은 아무것도 없다고 느끼게 되었다. 어떤 배움과 경험은 사람을 성장시키고 변화시킨다.

영화 〈겨울왕국 2〉에서는 각종 위험이 도사리고 있는 '마법의 숲'이 나온다. 그런데 극 중 올라프라는 캐릭터는 그런 마법의 숲을 앞에 두고서도 '마법의 숲을 통해 우리가 변화할 수 있다'는 말을 한다. 그러니 당신의 앞에 어떠한 마법의 숲이 도사리고 있거나 현재 그 마법의 숲속에 놓여 각종 수난을 겪고 있다면, 올라프의 말처럼 어떤 변화를 부르기 위한 과정이라고 생각해 보자. 처음에 말했다시피 사람은 '쉽게' 변하지 않는다고 하였으니, 힘들고 어렵게 어떤 일을 거치면 성장을 하게 되고 좋은 변화가 있겠지. 그러니 이 여정의 결말은 여느 디즈니의 애니메이션처럼 희망차고 해피한 엔딩일 거라고. 이 숲에서 겪는 어떤 경험과 배움은 결국 나중에 언젠간 쓸 수 있을 거라고, 그렇게 생각해 보면 어떨까. 조심스럽게 당신에게 이런 말을 건네 본다.

녹아 버리는 한이 있더라도

　나는 아직 원하는 바를 모두 이루진 못하였다. 그럼에도 이 글을 쓰는 이유는 지금 힘든 파도 속에 웅크리고서 어떤 힘도 낼 수 없는 사람이 있다면, 그에게 이 글이 닿아 내 글로 인해 조금이라도 힘을 얻었으면 해서다.

　스물넷 끝 무렵, 꼭 이루고 싶은 소망이 하나 생겼다. 그 소망은 초라했던 나에 비해 너무 크게 느껴져서 이 세상 누구를 붙들고 얘기해도 나를 헛된 꿈을 꾸는 하찮은 애로 여길 것만 같았다. 누군가 내게 꿈 깨라며 단호하게 넌 그걸 이루지 못한다고 해도, 나는 거기에 반박할 수가 없었을 것이다. 그만큼 막연한 꿈이었다.

그러나 나는 좀 더 뻔뻔한 생각을 했다. 하늘을 올려다보면 헬기나 비행기가 내 머리 위 아득히 높은 곳을 돌아다니고, 당장 내 손에 쥐어진 이 핸드폰 하나만 있으면 저 바다 건너 멀리 떨어진 사람의 안부를 물을 수도 있다. 조선시대에는 상상도 못 했을 망상 같은 일들도 현재엔 모두 보란 듯이 이루어져 있는데, 그런 것에 비하면 내 꿈은 아주 소박하게 보일 정도라며 굳이 내가 그 꿈을 이루지 못할 이유는 없다고 생각했다. 적어도 내가 맨몸으로 하늘을 날겠다는 둥, 우주를 가겠다는 둥 그런 꿈은 아니었으니까.

물론 이루기엔 너무 아득해 보이는 길이지만, 아예 방법이 없진 않다. 그래서 나는 내가 할 수 있는 가장 작은 것부터 하기 시작했다. 그것은 정말 사소한 것이었다. 일단 귀찮음을 없애기 위해 생활 습관부터 고치기 시작했고, 그것이 새로운 좋은 습관으로 남을 때마다 나 자신에 대한 믿음이 생기기 시작했다. 그것이 바로 나를 믿어 주는 시작이었다.

오랜만에 꺼내 본 일기장엔 내가 기억하지 못하는 내용이 적혀 있었다. 2018년 12월 20일, 지금도 여전히 품고 있는 그 소망이 처음 생긴 날이었나 보다. 그 소망에 대한 짧은 다짐이 적혀 있었고, 그 뒤엔 내가 무너지려 할 때마다 마음에 새기려고 적어둔 각종 명언과 글귀가 있었다. 그 명언들로도 부족할 땐 자기계발서를 많이 찾아 보았고 덕분에 어느 정도 나에 대한 믿음을 가질 수 있었다. 그러니까 당신도 마음을 태워 버릴 듯이 뜨거운 꿈을 갖고 있다면, 일단 마음부터 다시 다잡았으면 좋겠다. 굳게, 아주 굳게. 내가 녹아 버리는 한이 있더라도 기어이 해낼 만큼 말이다.

나도 내 미래를 모르는데 대체 누가 내 미래를 멋대로 판단하고 뻔하다 말할 수 있을까.

구름

여행을 가기 위해 비행기를 탔었다. 비행기가 이륙을 하고 하늘로 솟구쳐 지면과 빠르게도 멀어졌다. 창문 밖에는 잠시 하늘이 보이는가 싶더니 구름 위로 올라가기 전, 서울의 모습이 한눈에 보였다. 막연하게 축약되어 그려진 지도나, 비현실적인 위성 사진으로만 보던 그 모습이 내 눈에 선명히 보였다. 그저 일자로 쭉 이어져 있는 것같이 보이던, 내 발 아래를 유유히 흐르던 한강이 사실은 지도 속의 하늘색 물줄기처럼 굽이굽이 구부러진 길 따라 흐르고 있는 것이었다.

나는 내가 대체 얼마나 작은 눈으로 세상의 일부만 보고 살아온 것인가 생각했다. 힘들거나 지칠 때 찾아가던, 내가 사랑하는 한강은 그저 길다란 강줄기의 조그마한 한 조각이었을 뿐이다. 우리 동네의 고층 아파트도 너무 높아서 올려다보려면 목이 아플 정도로 고개를 젖히고서 봐야 하는데 비행기에선 어디에 있나 찾기 힘들 정도로 작아 보였다. 비행기가 구름 위로 올라가니 조금 흐렸던 날씨가 가림막을 내려야 할 정도로 쨍쨍했다. 그래, 비가 오고 눈이 와도 그건 모두 구름 아래만 그럴테지. 사실은 이렇게나 쨍쨍한데 말이야. 날씨라는 것도 모두 구름이 만들어 낸 거지.

강물의 일부만 보고 끝없는 직선의 반복이라며 지루해하지 말자. 사실 위에서 강 전체를 내려다보면 강물은 직선이 아니라 구부러진 모양으로 흐르고 있을 테니. 또, 지금 당장 내 세상을 잠시 장악한 구름에 모든 감정을 빼앗기진 말자. 사실 인생 전반에는 모두 태양이 내리쬐고 있으나, 잠시 구름이 내 머리 위를 가린 것일 테니. 그 구름만 사라지면 햇빛이 다시 나의 지면으로 도달할 테니. 나의 인생에 닥친 어떤 어려움이나 두려움은 이겨낼 수 없을 정도로 커 보이지만, 사실은 작은 것에 불과하다. 인생 전체를 보면 지금 이 순간도 언젠가 과거가 될 테고, 우리는 또 다른 일에 직면하게 될 테니까.

더 큰 소라를 찾느라

어제는 노래를 듣다가 문득 울컥하는 마음에 무릎을 감싸 안고서 한참을 멍하니 있었다. 나는 분명히 내 방에 있는데도, 마음이 소란스럽고 불안해 집에 가고 싶다는 생각이 들었다. 하기 싫은 것은 하지 않을 수 있고, 힘들다고 말하면 그걸 알아주는, 진심으로 모든 마음을 내려놓아도 불안하지 않을 그런 곳으로.

등에 집을 매달고 살아가는 소라게나 달팽이처럼 등을 한껏 굽히고 더 바짝 무릎을 당기고 앉았다. 그리고 진짜 집과 도피처를 꿈꿨다. 하지만 그런 건 현실에 없어서 더 서럽다. 이리로 가면 막다른 길, 저리로 가면 절벽이 나오는 세상에서 대체 나는 어디로 가야 할까.

불안함은 참 못됐다. 아직 가보지도 않았는데 온갖 나쁜 상황은 다 늘어놓고서 이게 너의 미래라며 몰아붙인다. 무시하려고 해봐도, 그게 정말 내 미래가 되어 버릴 것만 같아 두렵기만 하다. 그렇지만 원하는 미래로 가려면 이 불안함의 길을 지나가야만 해서, 더욱더 무릎을 끌어안고서 스스로를 지킬 수밖에. 만약 이런 나를 보고 있다면 누구든 제발 도와달라고, 이렇게 힘들고 외로운데 좀 옆에 있어 달라고 그렇게 떼를 쓰고 싶은 마음만 가득하다.

우리는 다들 불안한 마음을 안고 살아간다. 어찌 보면 당연한 것 같다. 하다 못해 시리즈 영화를 보면 엔딩 크레딧 뒤에 쿠키 영상을 넣어 놓고 다음 편의 힌트도 주곤 하는데, 우리 인생엔 그런 힌트조차 없으니까. 예고편도 없는 인생을 그냥 걸어야하니 불안할 수밖에 없다. 그러니까 우리 조금 더 단단해져야한다. 어느 날엔 무릎을 끌어안고서 울기도 하고, '내 인생은 왜이럴까' 하며 한숨도 푹푹 내쉬고, 답답하고 막막해서 잠도 못이루고. 참 아프고 쓰라리고 슬픈 현실이지만 그 모든 일이 지나가면 그만큼 단단해져 있을 것이다. 몸이 자라면 원래의 소라를 버리고 더 큰 소라로 이사를 하는 소라게처럼, 나는 지금 좀더 큰, 새로운 소라를 찾느라 이렇게 힘이 들고 불안한 것이다.

불안할 수 있다. 아니, 어쩌면 불안해하는 것이 당연하다. 불안해해도 괜찮다. 다만, 그것이 과해져서 불안에게 운전대를 내어 주어서는 안 된다. 불안함은 어쩌면 미래를 대비하라는 알림 메시지인지도 모른다. 불안해해도 괜찮으니 나 자신만 잃지 않으면 된다.

바로 이루어지는 소원

열심히 기도를 하고 소원을 빌어도 당장 달라지는 게 없다는 건, 이것이 영화나 동화가 아닌 현실이라는 걸 느끼게 해 준다. 동화 속 주인공들은 알아서 요정이나 마법사들이 튀어나와 그들의 소원을 이루어 주는 것 같은데, 내 소원들은 언제까지나 그저 소원으로 남아 있는 것 같아 가상의 세계가 부러워지기도 한다.

그러나 조금만 생각해 보면, 동화 속 주인공들도 소원이 바로 이루어지지는 않는 것 같다. 영화 〈알라딘〉에서도 알라딘의 소원은 자스민 공주와 결혼을 하는 것이었다. 하지만 그 나라에서는 공주와 결혼할 수 있는 사람은 오직 왕자뿐이었다. 그래서 알라딘은 램프의 요정 지니의 도움으로 가짜 왕자가 된다. 그리고 자스민에게 다가간다. 그런데 만일 알라딘이 가짜 왕자로 변했어도 거짓임이 들통날까 봐 두려워서 자스민 공주에게 가지 못했다면, 그 둘은 과연 이루어졌을까.

〈신데렐라〉에서도 마법사가 나타나 신데렐라에게 호박 마차와 유리구두, 드레스 등으로 아름답게 변신시켜 준다. 하지만 만일 신데렐라가 나중에 있을 언니들과 계모의 구박이 두려워서 그냥 집으로 돌아갔다면 왕자와 만날 수도 없었을 것이다. 결국 동화 속 요정과 마법사들도 소원을 뿅! 하고 바로 이루어 주는 것이 아니라, 그 소원을 이룰 수 있도록 기회를 주고 도와주는 역할까지만 한다. 나는 그 이야기들을 보면서 결국 진짜 소원은 주인공들의 용기와 행동으로 이루어진 것이라 생각하게 됐다.

동화 속 세계에서도 '소원'이라고 하는 것은 이루어지는 데에 시간도 걸리고 나름대로 노력도 해야 한다. 하물며 현실은 더더욱 그럴 것이다. 용기가 없어서 말 한마디 걸지도 못하고선 내 멋대로 좋아하는 사람의 마음을 내게로 돌릴 수도 없는 것이고, 그런 소원은 복권 한 장 사지도 않아 놓고서 복권 당첨을 바라는 것과 같은 심보일 수도 있다. 그건 소원이 아니라 그저 망상일 뿐. 그래서 당신이 지금 겪고 있는 힘겨움은, 당신이 꿈꾸는 소원을 이루기 위한 나름의 시간과 노력일 수도 있다. 좋아하는 사람에게 용기를 내어 말 한마디 걸어 보거나, 당첨이 되기 위해 돈을 들여 복권을 사고 있는 행위와 같을 수도 있다. 당신의 소원을 이루기 위한 나름의 과정일 수도 있다는 것이다.

〈에반 올마이티〉라는 영화에 이런 대사가 나온다. 내가 만일 신께 '인내를 주세요'라고 기도했고, 신께서 그 기도에 응답해 주신다면 당장 인내심을 짠 하고 주는 것처럼 생각하는데 그게 아닐 수도 있다는 것이다. 신은 내게 인내심을 발휘할 기회를 주신다고 했다. 이 이야기처럼 기회를 알아보고 붙잡아야 하는 것은 결국 나다. 아무것도 하지 않으면서 이루어지는 공짜 소원이나 응답받을 수 있는 공짜 기도는 없다. 결국 노력과 기다림, 기회를 알아챌 준비가 되어 있어야 한다는 말이다.

성인이 되고 보니 매일 일을 해야 하는 사회에 나오고, 아무것도 하지 않으면 뒤처지는 것만 같은 불안함을 품고 살아간다. 기회 하나하나가 특별히 더 중요한 예술 분야를 선택한 나는 그 속에서 점점 지쳐만 가고 있었다. 나와 동시에 출발한 다른 사람들은 어느새 기회들을 잡고서 뛰어가고 있었다. 그런데 나는 뭐 하나 쉬운 것이 없었다. 기회가 저절로 오기는커녕, 기다리다 지쳐서 뭐든 해보기 위해 발버둥쳐야만 했다. 그게 서러워 새벽에 자주 눈물을 터뜨리기도 했다. 기회는 준비된 자에게 온다고 했는데, 이 정도면 꽤 준비를 많이 한 것 같은데도 아무도 내게 관심을 가져 주지 않는 것 같았다. 그렇게 우울한 생각에 사로잡히면 나도 모르게 또 자책을 하고, 기회조차 제대로 오지 않는 것을 보니 또 '이 길은 내 길이 아닌가 봐, 접어야 하나' 하는 막막한 마음을 마주한 적도 있다.

　그러다 요즘은 내가 너무 요행을 바라고 있지는 않은가 생각하게 되었다. 기회가 오지 않는다고 그저 주저앉아 있기엔 너무 오래 걸어왔고, 출발점이 보이지 않을 정도로 멀리 온 것도 맞으니까. 여기서 모든 것을 끝내고 돌아가기엔 그래도 이루어진 것이 없진 않았으니까. 어쩌면 신께서 내가 원하는 삶으로 가는 기회를 주신 것일 수도 있고, 나의 요정과 마법사들이 저 멀리 숨어 이미 몇 가지의 마법을 부려 놓은 것일 수도 있다. 알라딘이 왕자가 됐음에도 그것이 거짓임이 걸릴까 말 한마디 건네지 못하고 돌아서거나, 호박 마차가 무도회장에 도착했음에도 신데렐라가 후폭풍이 두려워 다시 집으로 돌아가는 것을 택했다면 그 요술과 마법, 기회들은 모두 거기서 끝일 뿐이다. 그러니 나처럼 여전히 너무 힘이 들고 미래가 멀어 보이기만 한다면 조금만 더 기다려 보자. 조금만 더 앞으로 걸어가 보자. 당신의 신이나 요정, 마법사가 당신에게 이미 마법 같은 기회를 만들어 주었을지도 모르니까. 당신은 그 기회를 소원으로 이루기 위해 나름의 노력들을 하고 있는 중이니까.

마음에도 굳은살이 필요해요

초등학생 때 체육 수행평가로 철봉을 해야 하는 날이 있었다. 철봉을 꽉 쥔 상태로 점프해 앞으로 한 바퀴 돌아 착지하는 동작과, 거꾸로 한 바퀴를 돌아 철봉 위로 올라가는 것이 미션이었다. 나는 앞으로 돌아 착지하는 건 자신이 있었지만, 다리를 박차고 거꾸로 돌아 올라가는 것은 자신이 없었다.

수업시간에는 철봉에 매달려 연습하는 아이들이 많았다. 그래서 나는 하교 후에 저녁이 되면 엄마와 함께 운동장으로 와서 철봉 연습을 하곤 했다. 연습 후엔 아무리 비누로 손을 씻어내도 녹이 슨 철 냄새가 배어 있었고, 철봉에 쓸려 손 전체가 욱신

거리기 일쑤였다. 며칠간 양손의 마디가 화끈거리는 통증들이 손에 가득해서 철봉 연습을 쉬려는데, 엄마는 그건 지금 네 손에 굳은살이 생기는 과정이라고 했다. 그 과정이 아프다고 철봉을 하지 않으면 굳은살이 생기려다 다시 사라지게 돼서, 앞으로도 철봉을 만질 때마다 아플 거라고 했다. 그러나 아픈 걸 참고 계속 연습을 해서 굳은살이 생기면 네가 철봉을 계속 만져도 아프지 않은 손이 된다고 했다. 그 말에 나는 손의 통증을 꾹 참고 계속 연습을 했다. 그리고 수행평가 당일, 잘 되지 않던 힘든 동작까지 말끔하게 소화를 해냈고 최고점을 받게 되었다. 손에도 굳은살이 적당히 배겨 아프지도 않았다. 그러나 엄마의 말대로 그 이후 철봉을 다시 하지 않았더니 굳어 있던 살이 다시 말랑말랑해져서 가끔 철봉을 하면 손이 쓰리기도 했다.

고등학생 때 나는 실용음악 학원에 다니며 잠시 노래와 통기타를 같이 배운 적이 있다. 한동안 TV 속에 나오는 가수들이 종종 통기타를 들고 직접 반주를 하며 노래하는 모습이 멋있어 보였기에, 무작정 내가 제일 좋아하는 분홍색으로 된 기타를 산 게 배우게 된 계기였다. 그러나 기타를 다루는 것은 마음처럼 쉽지 않았다. 억센 기타 줄을 누르는 내내 손가락이 너무 아파서 코드를 짚는 것조차 힘들었고, 또한 하나의 손가락으로 모든 기타 줄을 다 눌러야 하는 F 코드를 누를 때는 손가락이 너무 쓰라렸다. 심지어 제대로 누르지도 못하니 소리는 잘 나지도 않았다. 그때 날 가르치던 선생님은 'F 코드에서 좌절하지 않는 사람이 끝까지 기타를 칠 자격이 있다'고 하셨다. 보통 기타를 처음 배우는 사람들이 생각보다 손가락이 많이 아픈 것과 마의 F 코드를 넘지 못하고 좌절한다고. 계속 하다 보면 손가락에 굳은살이 생겨서 아프지 않게 되고, 그러면 F 코드도 자연스럽게 누를 수 있는 날이 오는데 그 전에 포기하는 사람이 많다고 했다. 결국 굳은살이 배길 때까지 계속해서 기타를 쳐야 아프지 않게 기타를 오래 칠 수 있는 손을 얻는다는 말이었다.

2018년도부터 우리 가족은 프랜차이즈 카페를 운영했는데, 처음 오픈하고 한 일주일 간은 대체 어떻게 버텼는지 기억이 나지 않을 정도로 힘이 들었다. 하루에 13시간 동안 일을 하고, 마감까지 단 1분도 앉을 시간이 없을 정도로 바빴다. 그렇게 13시간을 꼬박 서 있었더니 발바닥이 너무 아파 마감 설거지를 할 때엔, 싱크대 앞에 의자를 가져다 두고서 그 위에 무릎을 꿇고서 설거지를 할 정도였다. 또, 일이 끝나고 집으로 돌아올 때는 오른쪽 손바닥 전체가 멍이 든 것처럼 욱신거리고 아팠는데, 계속해서 에스프레소 샷을 뽑느라 두꺼운 포터필터를 잡았다 놓았다를 반복하고, 무거운 블랜더를 들었다 놓았다 한 것이 이유였다. 또 엄지손가락 중 튀어나온 뼈 안쪽 마디가 너무 쓰라렸는데, 샷을 뽑기 위해 원두를 그라인더로 갈고 그 원두 가루를 꾹 누르는 템퍼를 사용할 때마다 계속 엄지손가락에 닿아 마찰을 일으켰기 때문이다. 그 후, 일주일간은 오른손 전체가 아픈 상태로 일을 했다. 그러나 이제는 다년간의 경험으로 알고 있었다. 아파도 계속해서 잡고 놓고를 반복해야 굳은살을 만들 수 있고, 그래야 비로소 일해도 아프지 않은 손이 된다는 것을. 카페를 오픈하고 몇 달이 지난 그해 겨울, 내 주변 사람들은 가끔 내 오른손을 만지며 깜짝 놀라곤 했다. 왜 이렇게 손바닥 살이 까칠까칠하냐며 꼭 사포 같다고 안쓰러워하기도 했다. 하지만 나는 알고 있었다. 그 아픔들이 쌓여 오른쪽 손바닥 전체에 굳은살을 만들었고 그게 아무리 일을 해도 더이상 아프지 않게 해주는 역할을 하고 있다는 것을.

　나는 인생도 마찬가지라는 생각이 든다. 내가 처음 글을 쓴 순간을 기억한다. 여러 사람에게 인정을 받는 재미에 시작한 글이지만, 때로는 누군가에게 혹평을 받기도 하고 스스로 생각했을 때 다른 작가들에 비해 한참 부족함을 느껴 좌절하기도 했다. 그러나 그럼에도 계속해서 썼다. 다른 사람의 글을 읽으며 공부하기도 하고 어떤 글이 잘 쓴 글이라고 느끼는지 연구하며 생각하고 또 썼다. 여전히 굳은살이 덜 배겼는지 누군가의 혹평을 듣는 날이 오면 마음이 아프기도 하지만, 그럼에도 나는 계속 쓴다. 그래야 내 글이 더 성장하고 단단해짐을 나는 알고 있으니까. 마음까지 단단해질 수는 없어도 어떤 일을 계속 하면 나만의 굳은살 같은 요령도 생기게 된다. 그러다 보면 나만의 색깔도 가질 수 있다.

어떤 것을 시작하면 생각지도 않은 곳에 부딪히고 쓸려 따갑기도 하다. 그렇지만 계속 해야 그것을 오래 할 수 있다. 계속해서 나만의 굳은살을 만들어야 아프지 않게 되고, 결국 더욱 오래 견딜 수 있다. 철봉을 하다 손이 아파서 안 하겠다고 포기했으면 나의 최고점은 없었을 테다. 또, 손바닥이 아프다고 커피를 뽑지 않았으면 일을 할 수 없고 돈도 벌 수 없었다. 나는 손이 아프다는 것과 F 코드를 능숙하게 잡는 관문을 넘지 못해서, 선생님이 말씀하셨던 기타를 오래 칠 자격을 얻지 못했다. 그래서 나의 분홍색 기타는 내 방 한쪽 구석에 모셔만 두고 있다. 그렇듯, 무언가를 하려면 결국 어느 정도의 아픔과 노력은 감수해야 한다. 나는 이것이 내가 몸서리치게 싫어하는 '현실'이라는 단어의 의미이자 그 축소판이겠지 하고 생각한다. 그렇지만 그 아픔이 무조건 나쁘다고 할 수 없다. 결국 그 아픔으로 내 목표와 자신을 지킬 수 있는, 나만의 굳은살을 얻게 될 테니까.

오아시스

도달할 수 없을 정도로 멀어 보여도 계속 굳게 마음을 먹어봐. 매일매일 목표를 향해 손을 간절히 뻗는다면, 그 하루하루가 쌓여서 나를 꿈이 이루어진 미래로 데려다줄 거야. 그 목적지까지 가는 중간엔 자꾸만 불안함이 엄습하고, 여전히 목표로부터 멀기만 해서 인내심에 슬슬 한계가 오겠지만 그래도 할 수밖에 없어.

자, 뒤를 돌아봐. 그리고 지금까지 걸어온 너의 발자국을 바라봐. 또, 처음과는 사뭇 달라진 주변을 바라봐. 계속 출발선 뒤에 멈춰 있었을 때보다 많이 달라진 게 보일 거야.

희미하게 느껴지지만 저 끝에는 네가 원하는 꿈이 분명히 존재해. 네가 바라는 그것이. 아직은 그것이 아득해 보여도 한 걸음씩 그것에 가까워지는 중이야. 조금씩 변해가는 중이야. 그러니, 우리 후회하지 않을 만큼 걸어 보자. 오아시스까지 꼭 도달해서 네가 오래도록 서 있었던 출발 지점을 뒤돌아보자. 비록 도착했을 때 땀방울이 온 얼굴과 몸을 뒤덮고 있어도, 가장 깨끗한 물과 시원한 바람이 널 식혀줄 거고 쉬게 해줄 거야. 그리고 후련함을 느끼며 또다시 새로운 목적지를 설정하게 되겠지. 그땐 두려움이 많이 사라질 거야. 오아시스를 이미 한 번 경험했으니까.

지금은 황량한 사막 같은 출발점에 서 있을지 모르지만, 너의 꿈은 청량한 오아시스 같다는 것을 잊지 마.

수식어가 있는 꿈

　불청객 같은 바이러스가 우리 삶에 난입해서는 소멸되지 않고서 이젠 이 세상에 눌러앉으려고 한다. 그 때문에 우리 주변엔 힘들어하고 슬럼프를 겪는 사람들이 점차 늘어가고 있다. 그리고 이 글을 쓰고 있는 나도 마찬가지다.

　나는 2019년도 초에 이루고 싶은 꿈 몇 가지를 갖게 되었고, 그것을 이루기 위해 자신에게 떳떳할 정도로 열심히 살아왔었다. 그 과정에서 여러 자기계발서를 읽거나 명언을 수집해서, 꿈에 점점 가까워지는 방법들을 익히고 있었다. 내 생활 전반에 곰팡이 균처럼 멋대로 퍼져 있던, 각종 안 좋은 습관들을 뜯

어고치기 시작했고, 귀찮아서 오늘 하루만 그냥 넘어가자, 하다가도 그 마음을 억누른 채 몸을 움직이는 습관을 들였다. 또, 무언가를 생각하면 그것을 꼭 실행에 옮기려는 노력을 했다. 그렇게 시간이 지나 연말이 다가오면서 점차 생각 속에서만 그랬던 일들이 이루어지기 시작했고, 원했던 것들을 정말 얻기도 했다. 그런 일들을 겪으니 무언가를 이루어 가는 방법을 터득했고, 이대로 하면 꿈을 이루리라 확신을 하기도 했다.

그리고 2019년 12월 31일. 2019년이 끝나고 2020년이 오는 그날에 난 두려움에 사로잡혀 있었다. 내게는 나도 왜 그런지 알 수 없는 3년의 징크스가 있다. 3년 징크스는 3년 주기로 내게 심한 우울증이 오는 것인데, 그것의 시작은 내가 스무 살이 되던 2014년이었다. 2014년은 오랜 시간 바랐던 가수의 꿈을 스스로 접은 해였고, 그로 인해 인생 처음으로 우울증이 왔다. 그리고 겨우 그 우울증에서 벗어나나 싶었던 2017년, 또다시 원치 않는 일에 발이 묶이면서, 매일 삶을 마감하고 싶다는 생각에 사로잡혀 있을 정도로 아주 심한 우울감을 느꼈다. 그 당시 내 우울의 심각성을 알기 위해 갔던 심리센터에서 심리 검사를 받았는데, 결과는 꽤나 심각했다. 검사 결과지를 건네주던 심리센터 직원은 '이 결과지를 가지고 정신과에 방문하면, 따로 진료를 진행하지 않고도 바로 우울증 약 처방을 해 줄 정도'라고 했다. 그러고선 걱정스러운 얼굴로 어서 병원에 가 보라는 말을 했다. 그런 결과를 들은 이후 나는 나 자신을 지켜야 할 필요성을 느꼈다. 나를 지키려면 애써 가득 짊어지고 있던 책임감을 내려두고 도망쳐야 한다는 생각이 들었다. 그래서 그 지옥 같던 상황에서 도망쳤고, 이후 조금씩 괜찮아져 점차 새로운 꿈을 향해 새로운 계획들을 세우게 되었다. 그렇게 2018년과 2019년을 열심히 보냈는데 막상 2019년 연말이 되니, 3년 주기로 오는 우울증이나 슬럼프가 2020년에 또 찾아올까 두려워졌다. 차라리 날짜가 2019년 12월 32일, 33일, 34일 이런 식으로 이어지면 안 되나 싶은 생각까지 할 정도였다.

나는 너무 두려웠지만 그래도 두 차례의 심한 우울증을 견뎌 냈으니, 이젠 어느 정도 나를 지켜내는 방법을 터득했다고 생각하면서 2020년을 맞이했다. 연초의 나는 '다 잘 될 거야.'라며 애써 마음을 다잡았는데, 외면하고 있던 그 우려는 얼마 안가 현실이 되고 말았다. 2월부터 우리나라에도 코로나 바이러스가 유행하기 시작한 것이다. 그때의 나는 절망스러웠다. '이제는 내가 어떻게 할 수도 없는 방식으로 징크스가 찾아오는구나' 싶어 사방에서 나를 옥죄는 기분이었다. 그래도 '지난번처럼 우울에 지지 말아야지, 나를 우울에서부터 지켜 내야지.' 하며 견디고 견뎠는데 그 다짐은 6월쯤 됐을 때 와르르 무너지고 말았다. 내가 계획했던 모든 것이 코로나로 인해 수포로 돌아가고 도전하고 싶던 것에 도전할 기회가 사라졌다. 그런 일이 반복되니 슬럼프가 심하게 와서 글을 한 자도 쓸 수가 없었다. 쓰고 싶어도 쓸 말이 없었다. 마음이 힘드니 주변 모두가 밉게만 느껴지고, 나는 무엇을 해도 안 되는 사람처럼 느껴졌다. 그렇게 나는 또다시 징크스에 지는 것만 같았다.

지금껏 스트레스를 털어낸 나만의 해소법들은 코로나가 발생한 뒤로 모두 쓸모가 없게 되어 버렸다. 혼자 여행을 가거나, 한강에 가거나, 노래방에 가서 노래를 실컷 부르는 일. 또, 주기적으로 친구들을 만나 수다를 떨거나, 연례 행사처럼 가던 친구들과의 여행도 바이러스 앞에 모두 금지되었다. 그래서 가뜩이나 일이 원하는 대로 풀리지 않아 스트레스를 받는데, 스트레스를 푸는 방법도 모두 할 수 없게 되니 결국 또 우울함에 빠졌다. 이쯤 되니 나는 징크스를 인정할 수밖에 없었다. 징크스 같은 건 없다며 무시하기엔 정확히 3년을 주기로 나를 찾아와 괴롭혔다.

그나마 다행인 건, 지금까지 그렇게 우울했던 한 해가 끝나면 조금씩 나아졌다는 것이다. 2014년도에도, 2017년도에도 그 해가 지난 다음 해엔 아주 소중한 무언가가 생겼다. 그리고 그 소중한 것을 위해서 나는 더욱 더 성장할 수밖에 없었다.

그때부터 슬럼프를 극복하기 위해 도움이 될 만한 영상이나 강연을 찾아보는 습관이 생겼다. 그리고 그런 영상을 본 적이 있다. '당신의 꿈은 명사가 아니라 동사여야만 한다'는 내용의 영상이었다. 우리의 꿈이 단순하게 '직업'을 가리키는 그 이름만이 되어서는 안 된다는 말이었다. 가수가 되고 싶고, 화가가 되고 싶고, 과학자가 되고 싶고 그런 직업이 아니라, 사람들의 마음을 울리는 가수, 사람들이 감명받을 수 있는 그림을 그리는 화가, 세상을 구할 만한 뭔가를 발명하는 과학자 등 그 꿈으로 이루고 싶은 목적이나 수식어가 있어야 한다는 것이다. 나는 그 말을 듣고 조금 당황스러웠다. 내가 지금까지 글을 쓰는 이유나 목적에 대해 깊이 생각해 본 적이 별로 없었기 때문이다. 내가 작가라는 직업을 가져서 이루고 싶은 현실적인 목적, 목표들을 생각해 본 적은 많았으나, 내가 글을 쓰는 이유를 생각해 본 적은 없었던 것 같다. 그래서 눈을 감고 처음으로 돌아가 생각했다. 나는 왜 작가라는 직업을 선택했을까. 가수라는 꿈을 꾸며 살아오다가 그 꿈을 이룰 수 없었고, 취미로 쓰게 된 글들이 사람들에게 의외로 인정을 받자 도망치듯 이 길을 선택한 것도 없지 않았다. 가수라는 꿈을 꾸기 시작했을 때는 노래와 춤, 음악이 너무 좋아서 선택했다고 자신 있게 말할 수 있었지만, '그럼 너는 글 쓰는 것이 정말로 너무 좋아서 그 작가라는 길을 선택했느냐'라는 질문엔 선뜻 그렇다고 말할 수가 없을 것 같았다. 그 정도로 내가 글을 쓰는 행위를 사랑했던가 생각하면 그렇지는 않았으니까.

그래서 며칠간 굉장히 많은 생각을 했고, 결국 결론을 내릴 수 있게 되었다. 지금까지 3년 주기로 오는 내 우울증과 슬럼프를 겪어 오면서 나는 많은 것을 느꼈다. 좌절과 절망 속에 살았고 내 감정이 나를 삼킬 수도 있다는 사실을 깨달았다. 그래서 나는 예전의 나처럼 힘든 시기를 지나고 있는 사람들을 위해 글로 마음을 만져주고 위로해 주고 싶다는 생각이 들었다. 나는 아주 맑지만 구름 한 점 없는 하늘은 좋아하지 않는다. 파란 하늘에 뭉게뭉게 구름이 떠 있는 하늘이 더 예쁘게 느껴진다. 그러나 하늘에 구름이 떠 있는 날엔, 해가 쨍쨍하다가도 구름이 그 앞을 가려서 잠깐 어두워지는 순간이 있다. 그것과 똑같이 누구에게나 좋은 시기가 있다가도 좋지 않은 시기가 오기 마련이다. 2020년 초의 나는 그동안 많은 우울을 겪어 왔으니 이제 웬만한 우울로부터는 나를 보호할 수 있다고 자신했다. 그렇지만 그건 큰 오산이었고 여전히 힘든 시기가 오면 속수무책으로 당하고 만다. 그러나 확실히 예전에 겪었던 우울은 삶의 문턱까지 갈 정도로 통제를 할 수 없었으나, 이제는 우울이 와도 언젠간 내가 이 힘든 시기를 다 떨쳐낼 수 있다고 생각하는 좋은 습관이 길러졌다. 작가라는 꿈을 갖게 되고 글을 쓰게 되면서 나 자신에 대한 믿음과 자존감도 한층 높아졌다. 그래서 나는 징크스를 지나고 있을 때의 나처럼, 힘든 순간을 지나고 있는 이들에게 그것을 이겨낼 수 있도록 위로해 주고 공감해 주는 작가가 되고 싶다. 그래서 며칠 간의 고민 끝에 결론을 내렸다. 힘든 순간을 함께 이겨낼 수 있는 글을 쓰자고. 그래서 아픈 마음을 어루만져 주는 작가가 되자고.

내가 예민한 걸까
네가 너무한 걸까

초판 8쇄 인쇄 2024년 08월 23일
초판 1쇄 발행 2021년 11월 11일

지은이   정예원
펴낸이   김동혁
펴낸곳   강한별 출판사

기획   서가인
책임편집   김지혜
디자인   방하림

출판등록   2019년 8월 19일 제406-2019-000089호
주   소   경기도 파주시 탄현면 헤이리마을길 21-7 3층
대표전화   010-7566-1768 팩스 031-8048-4817
이메일 wjddud0987@naver.com

ISBN 979-11-974725-4-1 (03810)